COBALT-SERIES

ちょー秋の祭典

野梨原花南

集英社

ちょー秋の祭典　～目次～

登場人物紹介

宝　珠

獣の耳を持つ少女。そのせいでずっと母親に疎まれてきたが、ついに家出。南燕の街でリターフに会ったことがきっかけで、トードリアを目指し、旅をすることに。

オニキス

ジオとダイヤの間に生まれた三つ子のひとり。兄弟のなかでいちばん豪快な性格。コーイヌール号で宝珠と出会い、旅をすることに。現在、過去の記憶を失っている。

サファイヤ

ジオとダイヤの間に生まれた三つ子のひとり。兄弟の中でただひとり眼鏡。知性派タイプ。他の兄弟と同じように、過去の記憶を失っている。コバーリムで誰かを探している。

イラスト／宮城とおこ

ロゼウス

コバーリム国執政大臣。昔ヴァデラッヅに魔法をかけられ、女版ジオラルドを監禁したり、悪いことをしていた。現在結婚もして落ち着いている。

ミナ

コバーリム国の司祭の娘。昔、男版ダイヤモンドといろいろあって、結婚を迫ったりした。現在ロゼウスの腹心のセリとちょっといい感じ。

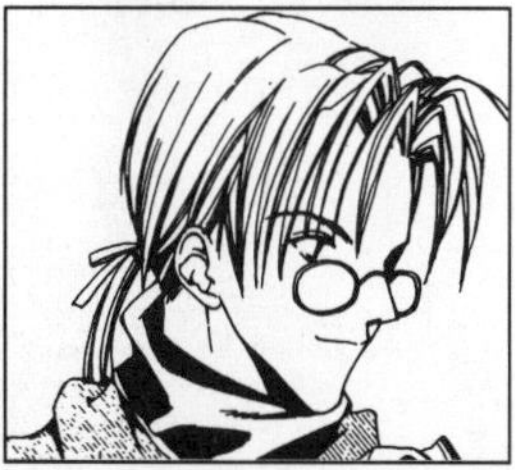

ライー

トードリア国宰相。妻は、トードリア国女王のリブロ。妻とはバカップル。一子ベルトリードを溺愛。のほほんとしてるが、やるときはやる。

ダイヤモンド

獣フェチの元ジェムナスティ国王女。ジオとともに、世界の均衡を守るため琥珀の中で固まっている。意識だけ抜け出すことができる。

イラスト／宮城とおこ

ちょー秋の祭典

第一章　コバーリム入国

その家は、小さい畑と山からの恵みで生きていた。住んでいるのは老夫婦。夫の偏屈《へんくつ》が災《わざわ》いして、人との関わりを極力持たないように、この家を建てたのだ。

妻は当初寂しがったが、これはこれでいい暮らしだと思えてからは、文句の一つも言わずに生活している。

それでも、畑仕事の合間に、ふと口にした。

「ねぇおじいさん」

「うん？」

天気のいい日で、紅葉《こうよう》を迎えた山の斜面の林がざわめいて光を散らす。二人で食べる分の豆の収穫《しゅうかく》をしながら、日除《ひよ》けの帽子の下から視線を上げて老婦人は言った。

「セーラ達がね、秋には孫に会いに来て欲しいって言ってたじゃないですか」

「この間会ったろうが」

「もう二年も前ですよ。生まれた時ですからね」

「向こうからきたらええじゃろうが」

「子供連れで来れるような道でもないでしょう」

「根性が足りんのじゃ」

「子供に根性とか言うもんでもないでしょう……それでも毎年春にはセーラは来てくれるんですから……」

「セーラは儂《わし》らの子じゃもの」

ざるの中に豆を莢《さや》ごともいで入れる。丈夫な産毛《うぶげ》を手袋の繊維《せんい》越しに感じる。

老婦人はやれやれと溜息《ためいき》を吐いて首を横に振った。全く連れ合いが偏屈だとどうしようもない。

久しぶりに街も歩いてみたいし、生活のものも欲しい。それになにより大きくなったろう孫の顔も見たいというのに。

「あたしだっておじいさんだって、いつまでも元気じゃないんですからね？」

「不吉な事を言うな」

それでもその呟《つぶや》きには愛情が感じられて、老婦人は仕方ないなと口元を緩《ゆる》める。

その時山の方から足音が聞こえてきて、ふたりはぴくりと身を起こす。

山に住む獣《けもの》が降りてきたのかと思う。老人は走って、納屋《なや》に立てかけてある鋤《すき》を手に取り、老婦人に鍬《くわ》を渡した。

「油断するなばあさん。わしの後ろにおれ」

「はい、おじいさん」

「いざとなったら家に入れよ」

「いやですよ」

足音は次第に大きくなっていく。

こんな昼の日中に、濃い影の落ちる暖かくて気分のいい昼前にでてくる獣《けもの》はなんだろう。

高まる緊張の中、やがて現れたのは。

「うわ……」

「わー！」

久々に聞く、別の人間の声。

しかも若い人間の声だ。

「人のうちだぁー！」

「てか、人だぁー！」

泣きそうに嬉《うれ》しそうな声で言ったのは、耳覆《おお》い付きの帽子を被《かぶ》った長い黒髪の少女と、金髪《きんぱつ》の少年だった。少年は何故《なぜ》か瓜柄《うりがら》の残る小型の猪《いのしし》に縄《なわ》をつけて背負っている。

服はぼろぼろで、様子も薄汚れている。ひどい様子だった。

「な、なんだお前ら」

目を丸くした老人がそう言うのに、黒髪の少女が目をキラキラさせて言った。

「おじいさん！　お願いなんですけど！　この猪差し上げますんでごはん食べさせて貰《もら》えませんか!?」

「なんだよ猪俺が獲《と》ったんだぞ！」

「なによやなの!?」

「イヤ、やじゃないけど……」

宝珠《ほうじゅ》はそれ以上オニキスと話をしようとはせず、老夫婦に向かって言った。

「胡桃《くるみ》もあります！　お願いします！」

ぽかんとしたまま、老婦人は言う。

「い、いいよ。納屋《なや》でよければ、今日泊まっていけばいい」

「これ」

振り向いて咎《とが》める夫に、老婦人は唇を尖《とが》らせて言う。

「だって。いいですよねおじいさん」

「あ、う、まぁ……かまわんが」

「ありがとうございます！」

二人は同時にそう言って、その場にへなへなと座りこみそうになる。

「こら！　座るンじゃったら食堂の椅子《いす》じゃ！」

叱《しか》られて、なんとか持ちこたえる。

ご飯は目の前だ。


出されたものを夢中で平らげて、髪を振り乱しながらテーブルに肘《ひじ》をついて荒い息を吐いている二人に、老人は温めた牛乳を飲みながら呆《あき》れて言う。

「お前ら、ここ五日分の食料たいらげたぞ。これからパンを焼かにゃならん」

「あっすいません」

宝珠ががばと頭を起こして言うのに、オニキスが呟《つぶや》く。

「お前食い過ぎ」

「あんたより食べてないわよ。あの、何かお手伝いできることはありませんか？　お礼に」

「ああ、ねえ、いいからいいから」

老婦人がにこにこと、パンケーキの載った皿を持ってくる。上には蜂蜜《はちみつ》がたっぷりかかった金色の甘いお菓子。

「うわぁっ」

宝珠はその匂《にお》いと様子に目を輝かせる。

「いいからね、今日はとりあえずこれ食べたらもうおやすみなさい。おじいさん、藁小屋《わらごや》に寝床《ねどこ》作ってあげて下さいな」

言われて老人はごそごそと立ち上がる。

オニキスは、

「あ、俺、やります」

と言ったが、

「婆《ばあ》さんのパンケーキ残す気か」

と怒られた。

寝て起きたら次の日の遅い朝で、働き者の夫婦はもうとっくに起き出して、畑仕事と牛の世話をしていた。

宝珠より先に目が覚めたオニキスは、横に眠る宝珠の肩を摑《つか》んで揺さぶった。

「宝珠！　おい！」

「んう」

「朝！」

言われて宝珠はがばりと飛び起き、帽子を被《かぶ》る。

「おはようオニキス！　行こう！」

「おう！」

日の光に照らされた、夜の露《つゆ》にまだ少し湿った土と草と枯葉《かれは》の匂《にお》い。

「おはようございます！」

二人一緒に、水桶《みずおけ》を担《かつ》いでどこかに行こうとしている老人に挨拶《あいさつ》する。秋とはいえ清冽《せいれつ》な光に照らされた老人は、日に灼《や》けた皺《しわ》だらけの顔で言う。

「おう。ちょうどいい、お前ら二人で瓶《かめ》一杯分水汲《く》んでくれ。この道まっすぐ行ったら川だから」

「あ、あたし、一人で出来ます。家でしてたから」

「じゃ、俺薪割《まきわ》りかなんか」

言う二人を、老人はぎろりと睨《にら》み付ける。

「ええから行け」

「はーい……」

怒られちゃったとしょげながら、二人は水桶を持って小川に行く。宝珠は三つ、オニキスは二つだ。

落葉《らくよう》が進んで、下生えの緑と、赤と黄色と茶色まだらの絨毯《じゅうたん》の林の中、確かにあの老人が作ったのだろう細い道筋がある。

がさがさと落ち葉を踏みながら、宝珠とオニキスは話をする。

「なーんかさー、よーやく来れたって感じだよねー」

「熱風荒野《ねっぷうこうや》渡りきるまでは快調だったんだけどなー山の中入っちゃったのがまずかったなー」

「ダイヤモンドさんいなかったら、危なかったね」

「うん、母さんが道教えてくれなかったら山降りられなかったかもな」

宝珠はちらりとオニキスの顔を覗《のぞ》き見る。オニキスの金の睫《まつげ》に光が当たると、何かの宝物のように見える。その横顔にたしかに潜《ひそ》む、ダイヤモンドの美貌《びぼう》の面影《おもかげ》。

最初魔物かと思えたあの完璧《かんぺき》な美女は、今では旅の守り神のように宝珠には思えた。彼女の豊かな胸や腰、細い腰のくびれや玄妙《げんみょう》に伸びきった手足。

「あたしもあんな風に綺麗《きれい》になれるのかなぁ」

「え？　無理だろ」

思わず出た呟《つぶや》きに、オニキスが間髪《かんはつ》入れず返事をした。宝珠は思わず腹立ちに顔が赤くなる。

「あの……それはそうかも知れないんだけどさぁ……そーゆー言い方ってさぁ」

「母さんは母さんだし、お前はお前じゃん。だから綺麗さとかも別々でいいんじゃね？」

こういう時宝珠はオニキスのことが良く分からなくなる。やさしいんだか、なんだか。ただ、単純に本当のことを言われている気になって、

「そだね」

とだけ言った。

宝珠は水桶《みずおけ》を三つもどうするんだろう、とオニキスは思っていたが、水を満杯にした桶を林の中で拾った木の棒の両端にぶらさげてその木の棒を肩に乗せ、もう一つの水桶を頭の上に乗せてすたすた歩き出されて驚いた。

「すげー」

と単純に驚いて言ったら
「うん、天秤《てんびん》っていうんだ」

とあっさり言われた。

二回目に沢に降りたときに試しにやってみたら全然上手《うま》くいかなかった。

水瓶《みずがめ》が一杯になったら食事を出された。宝珠とオニキスにとっては遅い朝食で、夫婦にとっては早い昼食だ。テーブルに並ぶのは焼きたてのパンとバターと茹《ゆ》でた芋《いも》と豆とオムレツ。それに牛乳のスープ。

手のひら大のパンは、力を入れると外側の皮がぱりりと割れて、中から湯気が立つ。大麦の粉で作った、ずっしりと重い食感のパンだ。そこに金色のバターを乗せて食べると口一杯に甘味が広がる。

窓の外から山の匂《にお》いのする風と、煌《きら》めく秋の光が吹き込む。木の葉の音と、鶏《にわとり》や牛の声がする。

しっかりしたパンを噛《か》みしめるので、自然と食卓での会話は少なくなる。食器の当たる音。パンの裂ける音。素朴《そぼく》な美味に漏《も》れる吐息。

静かな食卓だけれど、心地《ここち》が良くて幸せで、ひどく贅沢《ぜいたく》をしている気になる。

ふと老人が顔を上げ、老婦人に目で何か語って外に出ていった。

「……何ですか？」

パンを呑《の》み込んでオニキスが言う。

「珍しいことにお客様のようねぇ」

老婦人が言い、宝珠はイヤな予感がした。

やがて老人が手に一枚の紙を持って戻ってきた。

「坊主《ぼうず》。字は読めるか」

「はい」

「わしは読めんから、これ読んでくれ」

あれ？　と宝珠は思う。この部屋の壁には本棚《ほんだな》があって、そこには本がならんでいる。飾りな訳でもあるまい。

紙を見てオニキスが息を呑むのがわかった。

老人は無視して豆を食べている。

オニキスは蒼白《そうはく》な顔でおそるおそる顔を上げて口を開く。

「あの」

「いいからパンを食え。口一杯だ」

老人が言い、オニキスは言われたとおりパンをほおばる。

「今日は家の仕事を手伝って貰う。そんで婆《ばあ》さん、納屋《なや》のどこかにコバーリム神殿の巫女服《みこふく》と、去年の祭りの神事に使った肌染《はだそ》め粉《こ》があったろう。それを探してくれ。巫女服を洗って乾かしてな」

老婦人は面食らった顔をしたが、すぐに老人の言いたいことを呑《の》み込んで頷《うなず》いた。

「明日の朝には出発した方がええな。ぐずぐずしてると、王宮の祭典を見に行く遊山《ゆさん》の客に、宿を全部取られるぞ」

宝珠は老人が何を言っているのか判らないが、オニキスの目に涙が溜まるのを見た。

食事の後、納屋で食休みをしろと言われ、納屋に行って扉を閉めるなり、宝珠がオニキスに言った。

「なんなの?」

オニキスは紙を見て顔をしかめる。

「俺達手配されてるぞ。ここにいたら迷惑になる」

「え、え、手配って何で？　あたしまだ泥棒も詐欺《さぎ》もしてないよ」

「まだって何だまだって」

「いや、えーと、なんて書いてあるの？」

ごまかして宝珠は紙を覗《のぞ》き込む。

「長い黒髪の東大陸人の少女を見つけ次第、番所《ばんしょ》に報告すること。報酬《ほうしゅう》あり」

「番所？」

「保安のための役人がいるとこ」

「ふぅん。でもあたしじゃないかもよ」

「少女には獣《けもの》状の耳あり。お前隠したがりなのにな。心当たりある？」

宝珠は少し考え込む。耳見せた人。

「あの、あれは？」

オニキスの方が早く思いつく。

「どれ」

「あれ。クラスター王子」

ジールのクラスター王子。白に近い銀の髪と、左右違う目の色の。割と優しくされた気がする。

「……なんであのひとが？」

「知らねぇよ。お前なんかやらかさなかった？」

言われて宝珠はうーむと考え込む。

「あそこの服、着たまま移動したから、もらっちゃったことになるけど」

「違うだろ多分」

「えー？　じゃわかんないよー」

二人でうむむむと考え込んで、首を捻《ひね》る。

「ま、ともあれ、どっちにしろ変装はするつもりだったし。じいちゃんの話からすると、王宮の祭典てのがあるみたいだから、それに紛《まぎ》れたらいいのかも」

「大丈夫かなぁ」

「たってお前」

オニキスはいかにもイヤそうな顔で宝珠を見て言った。

「中心地向かってリブーラ街道いかないと山越えだぞ。俺はまたすぐ山越えはやだぞ」

「あたしだってやだよ。やたら熊とか猪《いのしし》とかに会うし。まぁ秋だから仕方ないんだけど」

そして二人で息を吐いて肩を落とす。

「しんどかったぁー」

「ところでさっき泣きそうになってたの、なんで？」

気になっていたので、宝珠はあっさり訊《き》いてみる。

オニキスは一度耳まで真っ赤にしてから、少し笑った。

「だって、じいちゃん、俺達のこと何にも訊かないで逃がそうとしてくれてんだもの。なんかじんとしちゃって」

宝珠の頭の中に暗い思いがふっとよぎる。

早く出ていって欲しいだけなんじゃないだろうか。面倒ごとを怖れて。だってそう思ってた方が、もし本当にそうだった時に傷つかなくてすむし。

「お前、なに考えてる？」

オニキスが変な顔で自分を見ている。

なんだか疚《やま》しい気持ちになる。

「……なんでもないよ」

「ふぅん」

言ってオニキスは、藁《わら》の上に敷いた厚手の毛布の上に座る。

「俺、やなひとに傷つけられるより、いいひと疑って傷つける方が嫌だからさ」

言われて宝珠は息を詰める。

なんだろうな、この人。見透かすようなことを言うことが多い。一緒にいるのがきついことがある。でも、悪い感じはしない。けれど疚しさから、言葉は口をついて出た。

「そんなの、きれいごとなんじゃないの？」

言って後悔する。南燕《なんえん》でリターフに言った。

信じたいから信じるの。誰も信用できないよりいいの。

オニキスは少し笑って言った。

「だって汚いことずっと言ってても仕方ないだろ」


その日の午後を全部雑用に使う。家畜《かちく》の世話、畑の収穫《しゅうかく》、納屋《なや》の修理、茸獲《きのこと》り。あっという間に夕方が来て、老婦人が宝珠を呼んだ。

「お風呂《ふろ》入りなさい」

食事を貰《もら》って、納屋で眠って朝になる。

老婦人は洗濯《せんたく》して置いた巫女服《みこふく》を取りだし、宝珠に着せる。

「あたしの昔のやつだけれどね。昨夜《ゆうべ》寸法もなおしておいたんだ」

灰色の簡素な形。縁には白いリボンが飾りについている。

「おばあさん、巫女さんだったんですか？」

「そうだよ。じいさんがどうしてもっていうから結婚したんだけどねぇ偏屈《へんくつ》でいけない。あははは」

闊達《かったつ》に笑って、老婦人は宝珠に服をお脱ぎと言う。

秋の早朝は寒かったけれど、全部脱いで、言われたとおり服を着る。

「帽子をお取り」

言われてきゅっと胃の腑《ふ》が縮んだけれど、拒《こば》むわけにもいかない。帽子をとると、耳に冷気を感じた。

老夫人は少し驚いたようだったが、すぐにてきぱきと宝珠に巫女《みこ》の頭巾《ずきん》を被《かぶ》せてくれた。

「年を取ると、目が弱くっていけないねぇ。あとこれ、あげるよ。なんかあったら売ってお金にしなさい」

渡されたのは、緑色の石のはまった指輪だった。

「えっ」

「娘時代におじいさんがくれた指輪なんだけどね。もう使わないからあげるよ。言っとくけど、こういうのは断るもんじゃないよ」

涙が出そうになる。

オニキスもこういう感じだったのかなと思う。

追い出すためにならくれる謂《い》われがないだろうとか、そういうことより、確かに感じるのはもっと単純な温かいものだ。

もしこれを疑うようなら、多分その時自分は下らない人間になっている気がする。何か言いたくて言葉にならない。だから、伝わらないし、これじゃ足りないと思いながら、ありきたりの言葉しか選べなくてそれがもどかしかった。それでも、この言葉があってよかったと思う。

喉《のど》が張りついて、変な調子になった。

「……ありがとうございます」


髪を赤く染めて、肌も赤く染めたオニキスと並んで歩く。しばらくしてからオニキスが言う。

秋晴れの空に、蜻蛉《とんぼ》が渡る田舎《いなか》道。ここでも枯葉《かれは》の匂《にお》いがする。太陽に温められる木々の匂い。秋の匂いだ。

「旅が終わったらさ。お礼しに来ような」

「うん」

もらった指輪は剣につけて、包み直した。

そうだ、できればこれは使わないでおいて、旅が終わったら、返しに来ようと思う。

あの夫婦の物語を、全部知っているこの指輪。若かったあの老人が、おそらく生活を切りつめて買って、ぶっきらぼうに渡して、そしてこの年まで大事にしまわれていたこの指輪。

いつか返しにこよう。そしてその時には、自分の物語を聞いて貰おうと思った。

二人を見送った夫妻は、しばらくそこに佇《たたず》んでいた。秋の天気のいい午前。二人が暮らすのに充分な畑と、足の遅い頑丈《がんじょう》な馬と牛と鶏《にわとり》と、小さいけれどあたたかい木の家と。

ぼそりと老人が呟《つぶや》く。

「収穫《しゅうかく》がすんだら、セーラんとこいくか」

老婦人が笑う。

「買い物もしないといけないですものね。若い人はたくさんたべるから、まああの二人はよく食べましたね。新しく蓄《たくわ》えないと。でも、店の人に何か訊《き》かれたらいけませんねぇ」

「なに、そんときゃ」

老人がくしゃみをする。太陽がまぶしい。

「山から獣《けもの》が二頭下りてきて、飯を食ってったんだとでも言うさ」

第二章　コバーリム市街

　二人は五日歩いてコバーリムの市街に入った。確かに市街に近づくにつれ、旅人の数は増え、目指すところは一緒なもので顔見知りになる人間もいるという状態だった。いろんな話をしながら歩き、菓子や何かをもらったりしてやってきた。それでも目的地についてしまえばばらばらに別れ、また会ったら声を掛けてねと言い合った。

「レフーラの宴舞会《えんぶかい》の規模のちっちぇのくらい人いるな」

　露店《ろてん》の端、椅子《いす》代わりの樽《たる》の上で赤すぐりのジュースを飲みながらオニキスが言う。

「へぇ。行ったことあるの？　宴舞会」

　宝珠《ほうじゅ》にとっては物語の中、遠く伝え聞く異国の華《はな》やかさの象徴であるところの宴舞会。それでもレフーラには行ったから、もうまるきりお話の世界のことではない。

「うん、前に、ライオン・カッラのお供で。あっちのが規模は、んー、百倍くらいあるかもだけど、こっちのは街全体が小さいとこに、同じくらい集まってるっていうか……」

「どうする？　今夜」

「宿もなさそうだしな。ちょっと町はずれ出て、納屋《なや》とかで寝かせて貰《もら》うか」

「うん、その線だよね。でもさ、お祭り終わるまではここにいないと怪しまれるよね。みんな来るみたいだしさ」

「てか、俺、せっかくだからお祭り見てぇなー」

オニキスがからから笑う。

「あっあたしも」

「おし、そうだ、ンじゃ今日から見物しよう」

「あっ賛成」

二人はジュースを飲み干して、道に出る。雲が切れて日が降り注ぐ。

昼間だというのに道は混み合っていて、まだ祭りは始まっていないというのに露店《ろてん》が並び、店のそここに鮮やかな五色の布や真っ赤な楓《かえで》の葉が飾られている。

まだ準備の段階だが街は祭りに浮かれる。

荷物を乗せた商人達の荷車が行き来し、子供たちが遊ぶ。

道ばたでは若い芸人が、色の付いた玉を何個も操り、股《また》の間をくぐらせたり、地面に弾ませて頭の上に何個も重ねて受け止めたりしている。

けれど準備に忙しい大人達は足を止めることがない。子供たちだけが埃《ほこり》っぽい秋の日に照らされるその芸を、瞳を輝かせて見ている。

オニキスと宝珠も足を止めて、その鮮やかな玉の動きに見入る。

「すごぉい。こんなの初めて見るなぁ」

浮かれた調子の宝珠の声に、こっそりオニキスは耳打ちをする。

「わりとある芸だぜ？」

「あたし、こういうの見るの初めてだし。お祭りも初めてなんだ。わぁ、すごいよ、玉が生きてるみたいだよー。すごいねどうやるんだろうあれー」

芸人が笑いながら言う。

「ありがとう巫女《みこ》さん。たしかによくある芸だけど、結構難しいんだぜ」

聞かれてたか、とオニキスは苦笑して頭を下げる。

「すみません……」

「いいよ、客なんだしな。けど、よくあるって言うならこれを見てからにしてくれよ坊主《ぼうず》！」

言うなり芸人は玉を全部、天空高く放り投げ、身体《からだ》ごと回転して懐《ふところ》から取りだした小さなナイフを閃《ひらめ》かす。ナイフが光をひととき弾いて真昼に光る星になる。

とととんと落ちてきた玉には全部、銀のナイフが刺さっていた。

子供たちが歓声を上げ、拍手を贈る。オニキスと宝珠も例外ではない。

芸人は誇らしげに、王侯《おうこう》貴族にでもするように優雅な礼を取った。

子供たちが小遣《こづか》いを出して地面に置かれた芸人の帽子の中に入れていく。

「ありがとうありがとう。お母さんとお父さんに僕のこと話してね」

玉を拾いながら芸人は言い、子供たちは興奮の冷《さ》めない顔のまま、芸人の前を離れる。すごかったねーとか言う高い声が聞こえる。

「あ、あの、その小柄《こづか》投げ、どうやるんですか？　何か、こつとかあります？」

宝珠が興奮してそう言うが、芸人は気のない様子で玉からナイフを抜いていく。

「どうやるって、見てたろ。ああやるんだ。こつは練習することさ」

「はい！　わかりました！　ありがとうございます！」

頬《ほお》を紅潮《こうちょう》させて頭を下げる宝珠に、芸人は一度視線を空《くう》に投げ、肩をすくめて言う。

「……最初の秘訣《ひけつ》は集中力。玉が止まって見えるようになるまで練習して。その後はそれを忘れないように毎日練習。ナイフは少し重みのあるのを選ぶといい。露店《ろてん》のどっかで売ってるさ。まず最初は一本からね。それじゃ」

荷物を纏《まと》めた芸人は、オニキスの横を通ろうとして足を止め、顔を近づけてじいっと見て言った。

「君、昨日は金髪《きんぱつ》で眼鏡《めがね》掛けてなかった？」

オニキスは今も肌と髪を赤く染めている。

「へっ？」

「人違いかな。顔同じ気がするんだけどな。僕結構人の顔覚えるの得意なんだけど……」

ま、いっか、と芸人は荷物を肩に掛けて歩き出す。

「僕大抵この辺にいるからさ。今度は別の芸みせるよ。またおいで」

「あ、はい、またー」

宝珠は言ってひらひらと手を振りながらオニキスに訊《き》いた。

「金髪で眼鏡って？」

オニキスは変な顔で頷《うなず》く。

「サファイヤが来てるかも知んない」


「確かに僕はその手配書に書いてあるとおり、金髪で榛《はしばみ》色の瞳で年頃も合います。けれど、同行者はあなたがたが捕らえた男の人ですよ。東大陸の、獣《けもの》の耳のついた女の子ではありません。だいいち、獣の耳のついた女の子だなどと、は！」

四方を木と漆喰《しっくい》の壁でかこまれた番所《ばんしょ》の一室で、椅子《いす》に足を組んでふんぞり返りながら言うのは、肩までの髪を後ろで一本に結い、眼鏡をかけた榛色の目の少年だった。

「そうは言うがな君。魔法も魔獣も、科学大系の一つだということは、君くらい聡明ならわかるだろう」

紺《こん》色に青のリボンの縁飾りの、ジールの兵士の制服を着た中年の男性が、困り果てて息を吐く。

「それに獣《けもの》と言えば隣国トードリアの王子殿下の例もあるんだ。あながちありえないことではなかろう」

「さぁどうですか。人間が獣に変わるなど、荒唐無稽《こうとうむけい》もいいところです」

「困った子だねえ。しかし、違うという確証がない限り、釈放《しゃくほう》することもできんのだこれが」

「だいたいそんなことで捕まえてたら、牢屋《ろうや》がいくつあっても足らないでしょう」

「隊長が来れば判別がつくから、少し待っていなさい」

小部屋の扉が叩かれる。

男性はにやりとサファイヤに微笑《ほほえ》んでやる。

「来たぞ。違うとなれば、すぐ返してやれるからな」

鍵《かぎ》の開く音がして、男性は立ち上がり敬礼をした。

「お疲れさまですムロー隊長！」

「うん、ごくろうー！」

隊長と呼ばれた男はまだ若い。紺《こん》色と青の縁取りの服はそのままだが立ち襟《えり》の縁に、一枚の木の葉型の金色のブローチが留められているし、腰までの短い紫色のケープを纏《まと》っている。

頭髪は藁《わら》のようで短く刈られ、目はガラスのような青だった。

サファイヤは妙な違和感を感じる。

人形みたいなやつだ。

ムローは今まで中年の男性が座っていた木の椅子《いす》に乱暴に腰掛け、片足を乗せる。あまり質のよくない椅子は、少し軋《きし》む。

「眼鏡《めがね》取って」

言うとおりにする。これくらいならする。それに眼鏡を取ってもムロー隊長とやらの顔は見えるくらいには視力はある。

「キレーな榛《はしばみ》色だねー!」

ムローが心底感嘆し、サファイヤは平然と受け止める。

「父親譲《ゆず》りです。誇りに思っていますよ。あなたも肌が変につるつるですね。水底の白い石みたいだ。いや、鍾乳石《しょうにゅうせき》かな。ちょっと触ってみてもいいですか」

「いーよ」

「あっこら」

中年の男性が止めようとするが、ムローは頓着《とんじゃく》しなかった。

軽くほっぺたをつまむ。ちゃんと人の肌の弾力があったし、体温もある。ムローはにたりと笑う。

「どうかな?」

「……きめが細かいですね」

愚《ぐ》にもつかないことを言って、それでもなんとなく、サファイヤはこっそりズボンの腿《もも》で手を拭《ぬぐ》った。

「僕はどうです？　手配の少年ですか？」

「んー。わからない。シュウヴからの映像情報と同じような違うような。似てはいるけど、僕、人間の顔ってあんまり区別つかないんだよね。もすこし抜けた顔してる気がしたけど」

オニキスかな、とちらりと思う。けれど顔に出すほど気を抜いてはいない。ところでシュウヴってなんだろう。

「同行者は？」

「おっさんですよ。残念だけど」

「ふぅん」

ムローは立ち上がる。

「君、名前は」

「サファイヤ」

「姓は？」

「ないです。ただのサファイヤ」

「青玉かい。たいした名前だ。行っていいよ。祭りを楽しみたまえ」

芝居《しばい》がかった動作でムローはサファイヤを送り出す。出がけに中年の兵士にぺこりと頭を下げたら、兵士が少し微笑《ほほえ》んだ。サファイヤが出て行ってからムローが兵士に言った。

「だれか手のあいてるものとかいるかな。いなかったら君でいいや」

「え。なんでありますか」

「尾《つ》けろ。気づかれないようにな」

取り上げられていた荷物を受け取って、外に出る。ジールの兵士達に貸し出されているこの建物は郊外にあって、この辺りはまだ静かだ。

何日かぶりの太陽と青空の開放感に息を吐き、サファイヤは迷うことなく門を出て右に曲がった。

市街とは逆方向だということにサファイヤが気がついたのは、みかねた兵士が教えてやったからだった。

コバーリムの兵士達はともかく、やはりジールから来た兵士達は、クラスター王子から直接出た手配者を探すのには真剣で、怪しいとなると片《かた》っ端《ぱし》から声をかけていた。

何度かその場面を目にして回避していた宝珠とオニキスだったが、路地に隠れていたときオニキスが言った。

「その剣やばくね？」

「やばいかな」

「布代えるとかしたほうがよくねぇかな。なんか、巫女《みこ》さんが持っていいようなもんでもなさそうな汚れッ振《ぶ》りになってるしよ」

「うーん……」

宝珠は困って視線を落とす。

今までも実は巫女が背負っている剣の異様さに、兵士に声をかけられることはあったが、「神器《しんき》を運ぶ途中なので」といえば何とかなった。

けれどこれからはどうかなと思う。

「そだね。そうしよう」

「じゃぁ俺ちょっと行ってくる。お前ここいて。もしなんかあったらええと、そだな、来ると き通った橋のとこ！　ちょっと遠いけど、あそこで」

「あ」

うん、と言う前にオニキスは駆け出す。

そんなの一緒に行ってもいいじゃないとは思ったが、誰かに見られて、包み直しているなと思われたらあまりにも不審《ふしん》だろう、と思って息を吐く。

その小路《こうじ》は建物と建物の間の、石で作られた排水用の溝《みぞ》の通された、日の射さない一画だ。蓋《ふた》をされていない溝は、はまったら危ないだろうがちょろちょろと綺麗《きれい》な水が流れていて臭くはないし、毎日磨《みが》かれているようで、石がすっかり角が取れて丸くなっている。

遠くから街の音がする。ざわめきや笑い声。物売りの声や子供の呼ぶ声。

頭の上を鳥が鳴きながら飛んでいって静かだ。

そういえば、一人になるのは久しぶりだなぁと宝珠は思う。

今までだってこれくらいの時間オニキスと離れていたことはあるのだが、それは例えば山の中で食料を求める時間だったり、お互いが用を足す時間であったり。

こんな風に唐突に、ひとりになるのは、何となく今までなかったことのような気がする。

街中だから、そんな事思うのかな。

宝珠はそう思って、肩から斜めに掛けていた鞄《かばん》をなんとなく抱きしめた。

何だか一人で、寂しいというのとは少し違ったけれど、とにかく何だか一人だなと漠然《ばくぜん》と思った。

オニキスがもし戻ってこなかったらどうしようと思う。

それでも自分は別に怒らないだろうなと思う。

だってあたりまえだし。

だってそれがあたりまえだし。

お母さんに死んだ方がいいと言われるくらいの自分なんだから、それがあたりまえだし。

そんな事を思っていたらなんだか現実が遠くなるように気持ちよかった。

これは夢で、目が覚めたら影居峰《かげいほう》に居るんじゃないかと思う。

そう思ったら何だか全身に鳥肌が立った。唐突に怖ろしくなった。

「宝珠」

びくりと目を向けると、路地の入り口の秋の日の当たるところにオニキスが立っていた。

首に白と灰色の切りっぱなしの長い布をかけて、手には薄い長細い木の箱を抱えていた。

風にそよぐ布が綺麗《きれい》で、何か立派な衣装みたいに見えた。

なんだろう。

なんだか奇跡みたいだなぁと思う。

「何で泣きそうになってんの？」

オニキスはほんとに鋭くていやだな。そう思ったら、なんだか頬《ほお》が緩《ゆる》んだ。

「や、ちょっと寒くて」

「ハハ、日陰だもんな」

言いながらオニキスは路地に入る。

「布ありがと。この箱は？」

「ん、剣入れて布で巻いてしょったらいいかなって。捨てるとこだったのもらってきた」

渡された箱を開けたら、むわりと生臭い匂《にお》いと、いがらっぽいにおいがした。思わず眉《まゆ》を寄せる宝珠にオニキスが口の端を下げる。

「がまんしろよぉ」

「なんの箱？」

「コバーリム名産、鮭《さけ》の薫製《くんせい》。一匹丸ごとのやつ」

少し困ってから宝珠は言う。

「……入れてみるね」

おそらく取り出したら確実に生臭くなっているだろう剣を鮭の箱の中に入れ、灰色と白の布でくるんで背負う。日の当たる道は心地《ここち》よくて幸せだ。

「そーいやお前、名前も考えなきゃだな。ホージュなんて名前、あんま聞かないし」

「んー。オニキスつけて」

「なんで俺が」

「だってあたしわかんないもん」

「それもそうか」

んー。なにがいいかな、んー。とオニキスは考え込む。

宝珠はきょろきょろと街を見渡す。木造の家が多い。太い木でしっかり組んである家だ。街の向こう、すぐ隣接するような形で山が迫っている。街はがやがやと、祭りの準備でうかれ、学校から帰ってきた生徒達の一団が、リスか小鳥のように高い声で話しながら家路につく。

オパール元気かなぁ。お祭り一緒に見たいなあと思う。

二人共が、自分の考えに気をとられた。

「あ、君達ちょっと」

ぎくりと身が竦《すく》む。

この威圧的なものの言い方は、軍人のそれだ。

振り向いたら確かに、手を伸ばせば肩がつかめるくらい近くに、紺《こん》色に青の縁取りの制服を着た若い兵士が立っていた。

「……なんでしょう」

緊張で喉《のど》が張りついて咳払《せきばら》いをする。落ち着け。悪いことも前はしてたんだから、ごまかすのなんかお手の物じゃない。

「お勤めご苦労様です」

にこりと微笑《ほほえ》んで言うと、兵士は被《かぶ》っていた帽子の庇《ひさし》を軽く上げて挨拶《あいさつ》をした。

「いえ。いい天気ですな」

「ほんとですね。お祭りまでこの天気がもてばいいんですけど」

上品にー。大人しくー。

と自分に言い聞かせながら宝珠は笑顔を作り、声をつくる。となりでオニキスはさぞかし嫌な思いをしているのだろうなとは思いつつ、視線はやれない。不審《ふしん》だ。

「背中の荷物は？」

「神殿に運ぶところですの。中身は神器《しんき》ですわ。祭典で使用しますのよ」

どーだまいったか。こう言えば見せてくれとはいえないだろう。

「拝見できませんかな」

わぁ。

「申し訳ないのですけど……」

「そうですか。……ところでですな。実は、こちらで手配している人物がおりまして。それがあなた方の特徴に合うのですな。特徴はともかく年齢が。すみませんがその、頭巾《ずきん》をとって貰《もら》えませんか」

まずい。

うまい逃れかたが判らない。

どうしよう。

「あ、あのぅ……悪いんですけど、それはちょっと……」

オニキスがおずおずと言う。

「なぜですかな?」

「いや、あの実はそいつハゲなので」

「ちょっとッ!」

あんまりと言えばあんまりな答えに、つい宝珠は言ってしまう。

「えー、あの、それは、えー、お恥ずかしいとは思いますが、若い娘さんなのにお気の毒というか」

信じないでよう。

泣きそうになりながらそれでも宝珠は微笑《ほほえ》む。信憑性《しんぴょう》のある表情になる。

「しかしこちらも仕事ですので、大《たい》っっっっっ変《へん》申し訳ないのですが」

何でこの人こんなに同情してくれるのかしらと思う。

ふと兵士の額を見て納得する。広い。

「なんでしたら番所《ばんしょ》に来ていただいてからでかまいませんので。ねぇ、こんなところでそんな。若い娘さんなのに。ああっ。ところでよもぎの煮汁《にじる》がなかなか効くそうなんですよ。あと海藻《かいそう》などで髪に栄養をですな。寝る前に逆立ちするのもよいそうです。家の屋根に髪の毛を一房置くのはもうやってみられましたかな? あと髪の色と同じ毛並みの猫を飼うのも」

ああっこの人努力家だ。生えるといいねと思いながらも宝珠は情けない気持ち一杯だし、それ以上にまずい。

耳を見られたら終わりだ。

だからといって逃げ切れるかどうか。

道は中途半端《はんぱ》に混んでいるし、第一不案内だ。兵士が仲間を呼んだら逃げ切れないだろう。

オニキスと目が合う。切迫した榛《はしばみ》色の瞳。

「あっれぇ？　こんなところで何してんの？　だめだなぁ久しぶりに街に出るからって、寄り道しちゃぁ」

いきなり背後から声をかけられる。薄茶の髪を後ろで縛《しば》り、丸縁《まるぶち》の眼鏡《めがね》を掛けた男だった。

知らない男だった。

へらへらしていて、へたった布地の服を着ている。ベストの裾《すそ》は、継ぎがあたっている。眼鏡の奥の瞳は、曇り空のような灰色。

「あ、ええと関係者の方ですか」

戸惑ったように兵士は言う。男は楽しげに笑って答える。

「はいー。テフロカ司祭がですね、神器《しんき》の到着をお待ちでして。使いのものが来ないから迎えに行けと僕にね。とりあえずコバーリム本神殿に神器納めないと、儀式が始められないと。でもまーわかるんですよねー、あんなねー外界から隔絶《かくぜつ》されてるとこにずーっといたらねーちょっとはふらふらしたくなるでしょうー年頃なんだしー。それはともかく急がないと、儀式が始めらんないよ」

　笑顔を向けられてオニキスははっと気を取り直す。

「そ、そうだ、やべぇ、早くいかないと！」

「い、いけない！　司祭様ご立腹ですか⁉」

「まだぎりぎり平気かもー。そんなわけで、兵士さん、申し訳ないんですが、この二人の身元はミナ・テフロカ様とテフロカ司祭様が保証致しますので、何かありましたらコバーリム本神殿まで」

「ミ、ミナ・テフロカ様ぁ⁉」

　兵士の驚きように、宝珠も驚く。どんな人なのだろう。

「い、いや、あの方が身元の保証をしてくださるというのなら、疑うわけには参りませんので。ほら、お急ぎなさい」

　と兵士は二人を送り出す。

「ほら行くよ行くよ」

　男は二人の肩を抱いて走りながらそう言い、宝珠は合わせて走りながら、肩越しに兵士に言った。

「あ、あのークコの煮汁《にじる》を、たわしで叩きながら塗るといいそうですよー」

「なんの話かな？　そんな話ししてる場合かな？」

額に少し青筋を浮かせて男が言い、遠くで兵士が、

「やってみまーす」

と言うのが聞こえた。

なんだか嬉《うれ》しくなる。そして安堵《あんど》する。


町はずれのなだらかな丘が続く一画。

芝生《しばふ》の広い庭を持つ、美しい木造の大きな建物。周りを彩《いろど》るのは、赤く色づいた楓《かえで》の木だった。多くあるその木に囲まれて、建物はまるで夕焼けの中に佇《たたず》んでいるような風情《ふぜい》だ。落葉は緑の芝生に色濃く落ちて、まだ夕暮れの始まらない午後の日差しに美しく映える。

鳥たちがその上で遊んでいたが、男が入っていくと飛び立った。

「綺麗《きれい》でしょここ。三年前に建て直したんだって」

「ええ、本当、綺麗ですね……」

それはともかくこの人誰なんだろう。

思いながらも宝珠は訊《き》けない。なんだか機会を外されまくっている気がする。

「芝生、座ってみたくない？」

いきなり言われて戸惑う。

「うん、座ってみたい」

即答したのはオニキスだ。

そして三人は、明るい日の射《さ》す芝生に揃《そろ》って腰を降ろした。土と草と木の匂《にお》い。

「それで？」

「え」

「どうして追われてたの？」

「……どうして助けてくれたんですか？」

オニキスの問いに、男は唇を尖《とが》らせる。

「訊いてんのは僕」

風が渡ると木の葉が舞って、芝生が煌《きら》めいて波打つ。空は青く高くて鳥が隊列を為《な》して渡っていく。

「ええと、ジールから手配書が回ってて……」

宝珠がしどもど言うのに、男はあっさりと言う。

「知ってる。これでしょ」

懐《ふところ》から出されたのは件《くだん》の手配書だ。オニキスが勢いよく指をさす。

「あ、それそれ」

「だから、なんで手配されてんのって」

「よくわかんないんですよう」

宝珠が答え、男がさらりと言う。

「君、獣《けもの》の耳あるの？」

少し迷って宝珠は頷《うなず》く。

「ふーん……」

男は困ったように考え込み、それから唐突に言った。

「君、ダイヤちゃんには会ったんだよね？」

「へっ!? はい。何でダイヤモンドさんのこと……」

「や、僕、オニキスの事だって知ってるもん。子供の時すごい一緒に遊んだじゃん」

「え!? そ、そうなの？」

「うん。君が記憶を売ったことに関して怒ってるから、名乗ってはあげないけどね？」

「な、なんだよそれ……」

世にも情けない表情になったオニキスを無視して、男は立ち上がると尻に付いた芝生《しばふ》を払い落とす。

「で、ここのミナ・テフロカ祭司も君のことは知ってるから、かくまってもらうといい。君らトードリア来るんでしょ？」

「なんで知ってるんですか？」

「ダイヤちゃんに聞いた。僕、トードリアに住んでるから待ってるね。ンじゃまたー」

言って男は飄々《ひょうひょう》と、門の外に歩き去った。

狐《きつね》につままれたような気分の宝珠はそのまま身動きがとれず、オニキスは芝生に仰向《あおむ》けに倒れてじたばたした。

「なんで俺、こんなあっちこっちで怒られるんだよもー！　ムカツくー！」

それはしょうがないんじゃないかなぁ、と思って宝珠はオニキスを横目で見た。

第三章　ムロー隊長

「あら、どこの神殿の方かしら」

林の中から足音がして、いきなり声を掛けられる。静かで落ち着いた声だ。

「あっえっ、と」

宝珠《ほうじゅ》は反射的に立ち上がると、巫女服《みこふく》に付いた草を払い落とす。

「まぁ、きちんと頭巾《ずきん》まで被《かぶ》られて。髪帯《かみおび》でもよろしいんですのよ」

けれどそう言う彼女も白と灰色の、背中に流れる頭巾を被っている。額のところにはやはり、四枚の楓《かえで》の葉の刺繍《ししゅう》。

腕には何本かの楓の枝を持っている。林の中にはこれを採《と》りに入っていたらしい。

黒い明るい瞳が印象的で、小作りな顔立ちの可愛《かわい》らしい女性だった。

オニキスも立ち上がり、ぺこりと頭を下げる。その顔を見るなり、女性は顔を輝かせて駆け寄った。

「まあ！　オニキスじゃないまあ！　あたくしのことを覚えていて？　まあこんなに大きくなって！」

楓の枝ごと抱きしめられて、オニキスは当惑して赤くなる。

この後の展開に、大体察しがついて、宝珠は軽くオニキスから離れた。

「あっそういえばあなた、記憶がないんでしたわね」

女性はばっと身を離し、半眼《はんがん》になって嫌そうに言った。

「まったくバカッタレですこと」

オニキスは顔を赤くして涙目で、身体《からだ》の両側に拳を握っている。しかし女性はそんなことを気に掛けた風もなく、にっこりと、白い花のように笑う。

「まぁいいわ、軽く許して差し上げますわ。コバーリムの森は善人には寛容《かんよう》でしてよ」

笑顔のままで女性の目が冷ややかに細くなる。

「バカッタレでもね」

さっきの眼鏡《めがね》の人といいこの人といい。この辺りの人はみんなこんな、なんというか、自分に正直な人ばっかりなのかなと宝珠は思う。

「あ、あのう」

おそるおそる宝珠は女性に声をかける。

「はい、何かしら獣《けもの》の耳のお嬢《じょう》さん」

にこりと温かく微笑《ほほえ》まれて、宝珠は顔を赤くする。

「えっあ、の、手配書ご存じなんですか？」

「ええ。ライーさんが。あの、眼鏡《めがね》のね。連れてくるから匿《かくま》ってやって欲しいって。お座りなさいな」

言って女性はふわりと芝生《しばふ》の上に座った。そのつつしまやかな立ち居振る舞い。

少し茫然《ぼうぜん》としてしまった宝珠に、女性は笑って言った。

「最高にステキな絨毯《じゅうたん》だと思わないかしら？　もうすこしすると日が山に隠れてこの贅沢《ぜいたく》を味わえなくなってよ」

それもそうだと思った宝珠も、そしてふてくされたオニキスも芝生の上に腰を降ろした。雲がゆっくりと去って、また金色の日差しが降り注ぐ。草が温められて匂《にお》い立つ。

「あなたお名前は？」

「黎《れい》宝珠といいます」

「何をしにどこへ？」

聞かれて何だか頰《ほお》が熱くなる。

僕のために。言ったリターフの灰色の瞳。さっきの人より少し明るい色の瞳。

世界が君を……。…まだよくわからないけれども時がたって、なお燦然《さんぜん》と輝く気がするあの言葉。

努力をしてください。言われたときにはきつい言葉だと思ったけれど、誇らしいような気が、今はする。

そして。

金色の雪原の中。影のような羽根に埋もれて。夢に紛《まぎ》れた、あの幻視。

魔王に会うだろう。

その言葉に思い至って、どこか背筋が冷えるような、けれども力が通るような気持ちになった。なぜだろうか。わからない。

「……トードリアへ。金の雪原と、絢爛《けんらん》の春の、木蓮《もくれん》の国へ。用向きもありますけど、行きたいので」

女性の、黒い瞳。

東大陸の、自分の知っている人々とは少し異質な気のするその黒の色。

「行きます」

「そう」

女性は背筋を伸ばして端然《たんぜん》と座り、慈愛《じあい》に満ちた目で微笑んでいる。

「……コバーリムの森は、寛容《かんよう》で、女神の住む森です。あなたに力を与えるでしょう」

なんだか神聖なものに祝福をされた気になって宝珠は嬉《うれ》しくなる。

「平たく言うと、何かあったら森に逃げなさい。女神様にはわたくしから話をつけておきますから」

いきなり話が現実的になる。力が抜けそうになって何とか気を取り直す。

「ところで、あなたは……」

「あっいけない。失礼を。わたくしは、ミナ・テフロカ。こちらで祭司を勤めております」

夜になって冷える。

けれども屋台の並ぶこの一隅《いちぐう》は、火を使い、人が集まるので、あまり寒さを感じない。そこで篝火《かがりび》が焚《た》かれ、風の具合で木の燃える匂《にお》いが料理の匂いに消されず届く。地面に落ちた影が揺れるが怖ろしくはない。弾ける火の粉《こ》は明るい赤で、夜の尊《とうと》い飾りのようだ。

豚肉と野菜の入った、熱いスープの麺《めん》料理。銅貨を一枚出して釣りが来るほど安いそれを注文して、ライーはフォークで巻いて口に運ぶ。

「もう、君の方向音痴《おんち》は実際困りものだよね。あの兵隊さんも可哀想《かわいそう》に。尾行してたのに、いらんとこ連れてかれて、わざわざ教えてくれて。ジールの人がそういう親切なことすると、僕、困るんだよね」

向かい側に座ったサファイヤは、ライーの眼鏡《めがね》がスープの湯気で曇るのを見る。自分も同じものを頼んだ。自分の眼鏡も曇る。服の袖《そで》を引っぱり出し、眼鏡を顔から外して拭《ふ》いた。少し辛《から》くて身体《からだ》が温まる。太めの麺は食べ応《ごた》えがあって、細切りの葱《ねぎ》の刺激がたまらない。

「あっ美味《うま》いこれ。何で困るんですか」

「んっ、やっぱ美食は屋台と家庭だと思うね。いや、戦争するかもしんないからさ。ジールとうち。したら、ジールにもいい人いるって思うとやりづらいでしょ。行儀《ぎょうぎ》悪いけどちょっと失礼」


言ってボウルをもちあげ、口を付けてスープを飲む。

「うー、この、豚の脂身《あぶらみ》が、溶けだしてるのがもう」

「僕もしよう」

サファイヤが真似《まね》をする。

「うー、うん！　いいですね！」

「ね、いいよね！」

「で、するんですか戦争」

「や、うちの奥さん次第だけどさ。あそこんちの息子が魔族使ってなんかしてんじゃん。黙ってる訳にもいかないし。……魔王はどう思ってんのかな。魔族使われてさぁ」

口一杯に詰め込んだ、スープの絡《から》んだ小麦粉の甘みのある麺。その温かさと美味。魔王はこんな食事をするのかな。魔王と自分たちの経緯は、リオ・アースから聞かされた。自分が体験したはずのその物語を、サファイヤ自身は覚えてないのだけれど。もとは、サリタ・タロットワークという名の魔法使いだった魔王。

サファイヤは思って、スープをもう一口飲んだ。

この辺りの屋台は酒も出すから、酔客《すいきゃく》の笑い声が、大きく響く。食物と酒は祭りの準備に疲れた人々の腹を満たし、気分を癒《いや》す。

「あ、そういや」

ライーが何か言おうとしたとき、屋台のお運びが注文の品をどんどんと置いていった。鮭《さけ》のバター焼き茸添《きのこぞ》えと蒸《ふ》かした芋《いも》。立ち上る湯気が冷える夜に白く硬く見える。

「わぁ。うまそう。なんですか」

「うん、うまそう。オニキスに会ったよ。今コバーリム神殿にいる。僕、明日から仕事しなくちゃなんだけど、会いに行けば？」

「え。やっぱり来てるんだ。うん、会いに行きます。うお、これ目茶目茶《めちゃめちゃ》おいしいですよ。全部僕食べていいですか？」

「だめ。明日っから僕つまんない宮廷料理攻めなんだから。肉の練《ね》り物のゼリー寄せとか、なんか、鳥の中に棗詰《なつめづ》めたのとか。嫌いなんだよね、僕あーゆーの。東大陸人の女の子と一緒だったよ」

サファイヤはぴたりとフォークを止める。

ああ、そうか。手配されている獣《けもの》の耳の少女というのは。

リオ・アースが夢に旅して会ってきたという。

「あの子か」

「ん？　知ってるの？」

「いいえ。でもいいなぁオニキスの奴。僕なんかこんなむさいおっさんと同行なのに」

「あはは、そういう台詞《せりふ》聞くと君、ダイヤちゃんの息子だなぁって気がするよねー」

言ってライーはかたんとフォークを置いた。皿を見てサファイヤは愕然《がくぜん》とする。

「ああっ！　もうない！　ひどい！」

「むさいオッサンは胃袋が元気でねぇ。すみませーん泡酒《あわざけ》一つー」

「それと今の奴もう一皿！」

涙を浮かべそうな勢いでサファイヤが言うのに、ライーは微笑《ほほえ》んだまま更に言う。

「君が払いなよ？」

月も傾く深夜になって、コバーリム神殿の門前に、一人の男の姿があった。夜風に乗って、忽然《こつぜん》と現れたその姿。足元に枯葉《かれは》が舞う。

ジールの隊服姿のムローである。揺れる、紫色のケープ。

「流石《さすが》、コリアムの神殿ってとこかな。入れやしない。シュウヴ」

名を呼ばれ、肩の辺りに一塊《ひとかたまり》、色々な髪の毛の集合体が現れる。

「中に七竈《ななかまど》の木の気配はあるかな」

少し待ってムローは頷《うなず》く。

「ないか。まあいいや。せっかく人間の形してるんだ。地道に行こう。ところでシュウヴ。僕、ジェールゥラーより、素敵じゃないか？　どうかなこの姿は」

少し待ってムローはぺちりとシュウヴを叩いた。

「お前には美的感覚ってもんが判ってない」

浮いているだけだがどこか不満そうなシュウヴを無視して、ムローは呟《つぶや》く。

「まぁ、いずれ、森と山の国の秋の大祭だ。浮かれない人間はいないだろうし、その人間の精を吸う我が眷属《けんぞく》にも大祭だ。魔王様に仇為《あだな》す娘、目障りに思う輩《やから》は多いだろうなぁ。少し声をかけてみるとするか。まずは、ジェールゥラーに働いてもらおうか」

ムローはにやりと楽しげに笑う。

気が抜けたか本性が出たか、その姿は鍾乳石《しょうにゅうせき》の裂《さ》け口だけののっぺらぼう。

こんなにいいベッドは久しぶりだ。深く眠っていたオニキスは、いきなり寒くなって驚いた。

「おはようオニキス」

オニキスが使っていた掛け布団《ぶとん》を手ににっこり笑っているのはミナだった。小部屋のカーテンも盛大に開けられ、窓も開けられている。窓の外はまだ夜明けの青さで、秋の朝は冷える。ここにいる間は染めなくてもいいだろうと、肌も髪も生来の色のままだ。

「お、おはようございます……てか寒《さみ》ィ。まだ暗いし」

「もうみんな起きていますよ。ここにいる以上はここの流儀《りゅうぎ》に従って貰《もら》いますからね。五分で着替えて、下の掃除《そうじ》を手伝って下さい」

「ふぁい」

「祭典が終わるまで、忙しいですからね。よろしくおねがいします」

言ってミナは出ていく。その後ろ姿が楽しそうなのは、おそらく気のせいではないだろう。

「おはようオニキス」

寒さに手と頰《ほお》を真っ赤にした宝珠に挨拶《あいさつ》をされ、オニキスが挨拶を返すより早く水桶《みずおけ》を突き出される。

「水換えてきて。中庭に井戸あるから」

神殿中の窓という窓が開け放たれ、宝珠の手には雑巾《ぞうきん》が握られている。巫女《みこ》達もそれぞれ窓を拭《ふ》いたり柱を磨《みが》いたりしている。その動きたるや何かの競技のようにきびきびと、力がこもっていて早い。宝珠は廊下《ろうか》に雑巾《ぞうきん》をかけている。端から端まで走っている。

「……コーイヌールの甲板掃除《かんぱんそうじ》みたいなもんか」

そう思えたら後は早かった。

実際仕事はいくらでもあった。食器磨《みが》き、本の虫干《むしぼ》し、洗濯《せんたく》、アイロンがけ、物の移動、祭事に使う植物の採取《さいしゅ》、飾り作り、焼き菓子作りにそれの包み。何日かをそれに費《つい》やす。

けれど時々、いや、しばしば巫女《みこ》達に
「ほんとにダイヤモンド伯爵《はくしゃく》様に似てるわねー」

とか言われるのには閉口した。

巫女達が話すダイヤモンド伯爵とやらの話は、なかなか突飛《とっぴ》で、それが自分の母親のしたことだと思うと何だか変な気分になるのだった。

「うん、でもダイヤモンドさんならありそうだなぁ」

言ったのは宝珠で、土産物《みやげもの》用のハンカチに刺繍《ししゅう》をしながらのことだった。

「そー？」

オニキスも慣れないながらゆっくりと針を動かす。

「うん」

「俺、母さんと会ったことないもんなー」

「……ちゃんと、会えるといいねぇ」

旅の終わりには。

「うん」

ぼんやりと答える。

こうして話している間にも、宝珠は刺繍をもう一つ終えた。次の布にかかる。

「……お前何でそんなに早いの？」

「えへへん。針仕事は得意なんだ」

そう、針仕事は得意だった。自分の動かす針で、布に美しい紋様《もんよう》が仕上がる。早くやらないと殴《なぐ》られたりはしたけれど、これは楽しかった。そして今、それが役に立っているのが嬉《うれ》しい。

「なんならあたしここやっとくから、あんた薪割《まきわ》りとかやってきなよ。あれはすごく得意でしょ」

「お、おう……。じゃ、頼んでいいか」

「うん」

言ってオニキスがいなくなると、宝珠は部屋で一人になる。少しつまらなくなった。でも部屋は暖かくて、木の匂《にお》いがして気持ちがよかった。針を動かす。三時になったらお茶とお菓子が出るという。楽しみだ。

コバーリムの秋の祭典というのは、女神コリアムに感謝を奉《ほう》ずる昼夜併《あわ》せて三日間に及ぶ大祭と、それと王宮の政治的な神事が併《あわ》せられたものだ。コバーリム中から女神コリアムを崇《あが》め、感謝を捧げる国民と、そして諸外国からはそれを見物し、政治的な取り引きを行う者たちが集まってくる。

初日前日、ミナは森の奥の女神住まう泉に赴《おもむ》いた。

すっきりと晴れた秋の空の下で、腕の先程の体長の、水で出来たすんなりした身体《からだ》を持つ女神は、頭に桃色の宝冠《ほうかん》を戴《いただ》いて、湖面に突きだした枝に座ってミナの話を聞いている。

「ま、そういう段取りですので。寝ないで下さいよ」

「寝られやしないわよ。魔族がこんなに元気じゃさ」

予想に反してきつい、不機嫌な言葉が返ってくる。

「魔王が産まれて七年経つけど、まだ魔王は魔王じゃないから、不安定も甚《はなは》だしいわ」

「ど、どうして」

「魔王ッてのは、ある特殊な魔力がなにか、器《うつわ》を見つけて流れ込んで意思を持った状態なんだけど。今回の魔王は人間だから、精神構造がやっかいで。魔力が落ち着かないわけよ。だから魔族は魔力をためて、魔王をフォローしようとすんのね。そこへ持ってきて大祭よ。連中にとっちゃご馳走《ちそう》でしょ」

湖面を風が渡る。湖の岸に立ち並ぶ椿《つばき》の木。肉厚《にくあつ》の葉に、日差しが輝く。

「魔王って、ジオラルドさんのお友だちでしたよね……」

「そうね。細身で、つり目で、黒髪で。とてもタロットワーク一族らしい子だったけど」

ミナは少し考えてコリアムに訊《き》く。

「人間に戻れたり……は」

コリアムは軽く肩をすくめた。

「さぁね。マジックマスターにでも聞いて。あたしわかんないから」

「うん、じゃそのうち……でも大祭はこの七年の間毎年あったわけだし。今年だけですか？」

「うん、今年が一番うるさいわね。まあ祭りの間はどうせ起きてなきゃいけないからいいけど」

言いながらもコリアムはふわぁと欠伸《あくび》をして呟《つぶや》いた。

「どっかから、なんか来たのかな。魔王がらみで」

「神殿長様！　刺繍《ししゅう》終わりました、検品おねがいします！」

「薪割《まきわ》り終わり！　もっとない!?」

宝珠とオニキスが争うように神殿長の部屋に駆け込んでくる。神殿長は、七十を越えようとする上品な老婆《ろうば》だが、毎年の行事の事、てきぱきと采配《さいはい》を振るっている。

「検品は、あとでソニアがまわりますから。薪割《まきわ》りも、して貰《もら》った分でほぼ終わり。あとはまた山に取りに行かないとないですしね」

「あっじゃあ行ってきます！」

「あたしも！」

オニキスが部屋から駆け出ようとし、宝珠がその後を追おうとする。

「お待ちなさいな」

二人の前で扉が閉まる。

ぎくりと振り向くと神殿長が微笑《ほほえ》んでいた。

「あら、そんなに驚くことはないでしょう。この程度の魔法の心得はコバーリム神殿の者でしたらだれでもありますよ。それより、あなたたち、お買い物を頼みたいの。少しゆっくりしてきていいから。町外れに生地《きじ》屋が出てるはずだから、そこで白のサテンをあるだけ。よろしくね」

二人は遅い午後の空気の中、外に出る。ざわついた空気と、芝生《しばふ》の匂《にお》い。兵士に声をかけられたら面倒くさいから、オニキスも巫女服《みこふく》を着て、頭巾《ずきん》をかぶる。

「女の服でも服は服だよな」

「相変わらず、似合わなくないこともないあたりがいやぁねー」

宝珠の苦笑いに、オニキスは苦虫《にがむし》をかみつぶしたような顔で溜息《ためいき》を吐いた。

「俺的にはライオン・カッラみたいな、こう、どどーんとしたかんじなのがかっちょいいんだけどなー」

「あっはは。そのうちそのうち」

言って宝珠は気安くぱんぱんとオニキスの肩を叩いた。

芝生の刈り込みをしていた巫女に行ってきますと告げる。行ってらっしゃいと言われる。

枯れ草の匂う秋の午後だ。

東大陸でも、あの山間《やまあい》の小さな家の裏の山でも、秋には同じ枯葉《かれは》の匂いがした。太陽の暖かさは同じで、ただ、植物や建物、そしてなにより人々の様子だけが違うのだ。巫女服はさらりとした木綿《もめん》で出来ていて、動きに添って伸び縮みする素材だ。靴《くつ》にも慣れてきた。

青銅製の高い門。何本かの棒を組み合わせて作られているそれ。楓《かえで》の葉の意匠《いしょう》のそれを通り抜けて、白く固められた道に出る。乾いた土塊《つちくれ》が、足の下で崩《くず》れる。

突然、何の気配もなく、頭巾を後ろから引き抜かれた。

ぞくりと凍り付く。

オニキスはこんな悪ふざけはしない。人が本当に嫌がることはしない。

黒い長い髪が光を孕《はら》んだ秋風に躍る。

密にやわらかい体毛が生えた耳が突然の温度の変化に緊張して立つ。

振り向くとそこに、男が立っていた。

「やぁ。探したよ、獣《けもの》の耳のお嬢《じょう》さん」

その声の中に潜《ひそ》むふざけた色。

紺《こん》色の制服とケープ。藁《わら》色の髪。知らない男のはずだった。見たこともない男のはずだ。だ
けれどなんとなく。

知っている。似た印象の。とてもよく似た印象の。

オニキスがはっと呟《つぶや》く。

「壁の」

壁の魔族。

名前を思い出す。

「ムロー!!」

「あれ、ばれた?」

二人ともとっさにムローからとびすさる。

だがそのために足が地面から離れた瞬間、身体《からだ》の四面に壁が作られがつりと縛《いまし》められる。腕

と腰が動かせなくなって、バランスを失って、地面に倒れる。

地面に流れた宝珠の髪を、ムローは摑《つか》んで持ち上げる。痛みに宝珠の顔が歪《ゆが》む。

「君がいるとねぇ、クラスター王子殿下が凄《すご》く活《い》きがよくなるんだよね。あいつ、もともといろ極端なんだけどさぁ。君に会ってからっていうもの、もうすばらしくって」

頭皮が痛い。身体を強く締め付けられているから、内臓がみしみしいう。肋骨《ろっこつ》がおかしくなりそうだ。それでも宝珠はムローを睨《にら》み付ける。

「じゃ、オニキスは関係ないじゃない……あたし一人があんたと一緒に行けばいいんでしょ」

ふふん、とムローは半目になって笑った。

「それは君が決める事じゃない」

騒ぎに気がついて、芝生《しばふ》の刈り込みをしていた巫女《みこ》が他の巫女を呼んで、門に駆け寄ってくる。

「いいものだね、人の不安や疑問、義憤《ぎふん》や怒り。それら全ては僕の糧《かて》さ」

「あなた！　この神殿の者に何をしているの！　無体《むたい》は許しませんよ！」

年かさの巫女が言う。勢いよく歩いてくる。

「！　止まれ壁がある！」

転がったままのオニキスが言う。地面に頰《ほお》と唇がついているから、土を舐《な》めてしまう。人間が歩く速度は、普段考えているよりずっと速い。そのまま見えない壁に当たったら、打ち所が悪かったら。

巫女《みこ》はびくりと止まり、それから軽く一歩を踏み出しながら手を伸ばす。そこに感じる平面。確かに言われればこれは壁だ。

「……ムロー！　いいわよ！　どこへでも行くから、他の人には手出ししないで！」

「宝珠連れてくんなら俺も連れてけよ！」

「オニキス何言ってんの!?　それせっかくあたしが言ってんのありがた迷惑って事!?」

「うー、うん!!　まあそう!!」

「何よそれ！」

ぎゃんぎゃん騒ぐ二人に、ムローは愛想を尽かしたように、宝珠の髪から手を放した。

「ぎゃ」

地面に腰を打ち付けて、宝珠は悲鳴を上げる。

「ちょっとあなたうちの者に何を」

「宝珠ちゃんとオニキスくんを返しなさいー」

「ジールの兵隊ごときがこんな無体《むたい》を」

「出るとこでますよコラー」

透明の壁を叩きながら巫女達は大騒ぎだ。魔法を使って壁を壊そうとする者や、火かき棒を持ち出す者まで現れる。

「もう。うるさいなぁ」

言ってムローは軽く手を振りながら呟《つぶや》く。

「シュウヴ」

現れたのは、一塊《ひとかたまり》の多様の髪。熱風荒野《ねっぷうこうや》で二人はそれに襲われた。

緊張した瞬間、その髪の塊はごばりとふくらみ、二人をその円形の中に引きずり込んで収縮した。再び手のひらの上に乗るくらいになる。

あっけにとられる巫女達に、ムローは優雅な礼をして、にっこりと微笑《ほほえ》むと手をふって、繋《つな》いであった馬に跨《またが》って帰っていった。

第四章　メイドリーン卿の憂鬱

ぼうっとした頭で一番最初に感じたのは腹這《はらば》いになった床の冷たさで、最初に見たのは鉄格子《てつごうし》越しのムローの顔だった。窓から明かりが差し込んでいて、その光は夕方の赤さを示している。

「起き抜けにその顔あんまりみたくないなぁ……」

ムローは鉄格子の前にしゃがみ込んで、膝《ひざ》に頬杖《ほおづえ》をついている。

「え、なんでだい」

「しょせんあんたの顔、のっぺらぼうっぽいんだもの」

「のっぺらぼうって」

「顔のないオバケ」

「失礼な。結構しんどいんだぞ目とか鼻とか作るの」

「やぁ起きたかね」

「作るとかしんどいとか言うあたりオバケよね」

「オバケってなんなんだ？」

「オバケ」

宝珠《ほうじゅ》は起きあがって、頭をがりがり掻《か》いた。髪が埃《ほこり》っぽくなっている。着ているのはまだ巫《み》女服《こふく》だ。土を固めただけの床の上にあぐらをかく。

「東にはあるの。そういうのが。だって、魔族《まぞく》ってなんなんだって言われても困るでしょ？」

「ああ、まぁな」

「あたしだって人間ってなんなんだって言われても困るもの」

ムローがそれを聞いてくすりと笑う。

「人間？　お前が？」

ずくん、と目の前がぶれるような感じがした。

ムローは面白そうに笑っている。

「……あなた、何か知ってるの？」

「何かって？」

「……あたしにどうして……こんな耳があるのかとか……」

ムローは立ち上がると、腰に手をつけて、前屈《まえかが》みになって宝珠と視線を合わせて、それはそれは楽しそうに言った。

「知らないし。知ってても教えなーいアハハハァ」

「なによ！」

「てゆーかさァ」

ムローはぐん、と腰を伸ばし、宝珠を見下ろして言った。

「なんで人間てそういうのにこだわるの？　人間とは、とか人間らしく、とか。わかんないなー。芝居《しばい》みてても多いよねー。僕は魔族だけど、別に実は他の生き物であってもかまわないよ。まぁ人間の食事しろっていわれたら辛《つら》いけどねー。肉とか魚とか、草とか根っことか、人間ってあんな他の生き物の死体よく食べられるよねぇ。ゲーって感じだよ全く」

「ねぇオニキスどこ？」

急に不安になって、宝珠は鉄格子《てつごうし》を掴《つか》んで言った。

「今、人間の話してたはずだけどー？　会話の機微《きび》ってものに関して甘いのかなぁ僕。まあいいや。僕忙しいんだ。それじゃぁまたねー。僕、これから君を捕まえた報告しに王宮行かなきゃいけないからー」

ムローはそう言って歩き出す。

「ちょっと！　待ってよ！　オニキスどこよ!?　ひどいことしてないでしょうね！　してたら許さないからね！」

廊下《ろうか》の途中でムローは立ち止まる。赤い光に照らされるその姿。

「へーぇ？」

藁《わら》色の髪も、少し赤い。肩が面白そうに少し揺れる。

「許さない？　許さなかったらどうだって言うんだ？」

また歩き出して、ムローは言い捨てる。

「君、一体何様なんだ？」

言われて宝珠は全身が熱くなる。怒りのためか羞恥《しゅうち》のためかは判らなかった。

ムローの靴音《くつおと》が遠ざかって、ドアの閉まる音がした。

確かに自分はまだ何者でもない。恥ずかしいことを言った。けれどでもそれでも。

「まぁでもさ」

隣の部屋から声が聞こえた。

今度ははっきり恥ずかしさとばつの悪さで全身が熱くなった。髪の根本が締まるような感じだ。絶対頭皮に汗をかいている。

声はオニキスのものだ。隣にいたのだ。

「俺は何となく嬉《うれ》しかったよ」

小さい声だが、照れくさそうな声だが、はっきり聞こえた。

「ありがと」

夜になっても仕事がさっぱり終わらない。

毎年の事ではあるが、細々とした雑事に忙殺《ぼうさつ》される。もっと効率的なやり方があるはずなのだが、毎年状況は変わるので、手引き書を各部署に作らせてみても、結局自分が決断を任されるものが多いのだ。

今年はトードリアの宰相《さいしょう》が列席するはずだから、どうしているか訊《き》いてみようか。酒の席ならいいかも知れない。

そんな事を考えて、コバーリム国執政《しっせい》大臣、ロゼウス・メイドリーンは苦笑する。恥《はじ》をかくばかりだろう、そんなのは。

「セリ」

名を呼ばれ、傍に控えて書類の整理をしていた、生来の白色の髪を短く切った武人は視線を主に向ける。

「はい」

「食事はここで、なにか簡単な物をとるから」

「……奥方様ががっかりなされますよ」

「ヘリオドールは物のわかった人だよ」

仕事の手を止めずにロゼウスは言う。

「そうは申されますが」

「お前、テフロカ嬢《じょう》とはどうなってるんだ」

「話を変えられてはいけませんな」

ロゼウスは苦笑して、書類にサインをすると横に置いた。

「まぁ、確かにヘリオドールと私は上手《うま》くいっている夫婦ではないがね。所詮《しょせん》エリントとコバーリムとの政略結婚さ。こんなものではないのかな」

「だからと言って仕事を逃げ道になさるのは如何《いかが》か」

ロゼウスは観念したようにペン立てに羽根ペンを差すと、頭の後ろに手を組んで椅子《いす》の背に身体《からだ》を預ける。

「まぁ、お前に隠し立てをしてもしかたがないなぁ」

エリントというのは、国としてはまだ成立はしていないが、コバーリムに隣接する地域の一つだ。コバーリムに属するのならば領土が広がるが、文化形態や信仰《しんこう》が異なるので、その民族はまだ態度を保留しているし、無理な統合はいずれ災《わざわ》いの種となるからコバーリムの態度も慎重だ。

「笑ってもかまわないんだけれど、半年前に結婚して以来ね」

ロゼウスの口元に、やるせないような微笑《ほほえ》みが浮かぶ。

「私はヘリオドールにどうしてやったらいいのか判らないんだ」

言われてセリは作業の手を思わず止め、ロゼウスを凝視《ぎょうし》した。

「……ロゼウス様が。ですか？」

「……そうだ」

「いや、あの、ロゼウス様が？」

「ああ」

「ロゼウス様が？」

「お前、無礼だぞ」

不愉快を装《よそお》って言うロゼウスの頰《ほお》も赤い。

「いや、それは……」

セリは相変わらずあっけにとられている。

「……意外でした」

「だろう」

ロゼウスは顔を赤くしたまま困ったように眼を伏せる。

コバーリム一の洒落者《しゃれもの》として名を馳《は》せ、流した浮き名も数知れない。けれどそう言えばその実、真に落ちた恋はたった一つではなかったか、と護衛役として常にロゼウスの傍に付き従うセリは思う。

その思いを肯定されたのは、この結婚の話が持ち上がってからのことだ。

珍しく寝酒につきあわされ、メイドリーン邸の盛《さか》りの薔薇《ばら》を窓から見下ろしながら、ロゼウスはセリが思っていたのと同じ事を呟《つぶや》いた。

その薔薇の、夜の薔薇の海に一体誰を思い描いていたのか。

当時の騒ぎは、思い返せばばかばかしいような事ではあったが、そこで動いた人間の気持ちは真実で、誰にも嘘《うそ》はなかった。

あれから七年の歳月が流れている。

人が変わっていくのには充分な歳月だ。

あの騒ぎの元凶《げんきょう》であったリディアン・ヴァデラッツは、その後肉体を得てレフーラの国王になったと聞くし、(悪さをしないか怖れていたが、今に至ってその気配がないところを見ると、心を入れ替えたのか、話に聞くだに強烈な美貌《びぼう》と個性の女王陛下に尻に敷かれているかどちらかだろうと話しあった)ダイヤモンド伯爵《はくしゃく》とジェイドは、ダイヤモンド王女とジオラルド王子の姿に戻り、そしてマジックマスターの一人である絢爛《けんらん》の愚者《ぐしゃ》の出現に立ち会い、その魔術によって何処《どこ》へか封じられてしまったという。

その話を持ってきたのはトードリアの宰相《さいしょう》で、どこかに嘘か、でなければ秘密があるような話ぶりではあったが、大事なのは、とりあえず自分たちに出来ることはないらしいということだった。

眼鏡《めがね》の宰相《さいしょう》が質問しても答えてくれなかったことは三つ。

二人がなぜ、封じられたのか。

二人がなんのために封じられたのか。

そして二人がどこへ、封じられているのか。

その後、ミナがダイヤモンドの意識と会ったという話を聞き、ロゼウス自身、ジオラルドの意識と会った。

ジェイドに感じたような恋情はなかったけれど、謂《い》われのない目に遭《あ》っていいはずがないと思える、その優しい個性に切なくはなった。

「ジオラルド。今どこにいるんだ」

闇に流れる赤銅《しゃくどう》色の髪。夜空が透けて見えるその姿。髪の長さは一定しない。長くなったり短くなったりする。

「それは教えられない。知ると君は、一生誰にも話せない秘密を負うことになるよ。それともタロットワーク一族の誰かに、記憶を封じられるかね」

「タロットワーク？」

唐突に出てくる名前だと思えた。

しかし目の前の、トードリアの王子という出生を持つ男は薄く微笑《ほほえ》んでいる。

おそらく何も聞き出せないだろうし、この男が聞かない方がいいと言うのならそうなのだろう。

「君と、奥方の為に僕に何か出来ることはあるか？」

「ないよ」

返答があまりに早かったもので、ひょっとして嫌われているのかと思ったが、もしもそうならわざわざここに現れる意味がないと気を取り直す。

「そ、そういえば」

言っておかしな調子の声が喉《のど》から出たので、咳払《せきばら》いを一つする。

「アガット・スノーサハラ……いや、サリタ・タロットワークだった。彼は今、どうしてる？元気だろうか」

その問いにジオラルドは不思議な表情を少しした。

笑みのような泣き顔の様な、押し殺した怒りのような、噴き出す直前の悲しみのような。

風が吹いて、薔薇《ばら》を散らす。

意識だけのジオラルドの髪は、揺れない。

「わからない。……彼は魔王になってしまったから」

その意味全ては判らなかった。

ただ、自分の預かり知らぬところで何か大きな運命の波が、彼らを襲ったのだけは理解できて、ひどい無力を感じた。

ヘリオドールとの結婚話が持ちあがったのはそんな時だった。

とにかく会ってみようと思い、顔を合わせた。

会ったときの感触はさしてよくもなかったが、向こうからは承諾《しょうだく》の返事が来た。

そろそろ時期かなと何となく思って結婚した。

ヘリオドールは有能な妻で、つつましやかで穏やかだった。さして美しくはなかったが、不器量というほどでもない。

ロゼウスの周りにはたしかに今までいなかった種類の人で、屋敷の使用人達には慕われているようだが、社交界にはあまり出ないし、出たら出たで沈んだ存在になった。

そんな人だったから、ロゼウスはどう対してやったらいいのか判らない。

遊び相手を口説《くど》く様な訳にもいかないし、何か言ったら傷つけそうで怖ろしかった。

セリの反応を見る限り、一通りのことは出来ているようだが、底のところで感じる距離感はどうしようもない。

秋の大祭の準備に追われるようになったのをいいことに、自分は逃げているのかもしれなかった。

「しかし、まぁ、仕方がないのかも知れませんよロゼウス様」

「え、あ、何がだ」

「どちらにしろこの時期は、私事にかまけている余裕《よゆう》はないのですし。むしろ問題はこの後でしょうな。まぁホセーノあたりにでも相談するとよろしい。あいつも親の世話で結婚しましたからね」

ロゼウスはううむと息を漏《も》らして頬杖《ほおづえ》をついた。ロゼウスの使用人であるところのホセーノ。たしかに彼は今幸せそうだ。

しかしそのロゼウスの思考を破るように、扉を叩く音がした。

「どうぞ」

中継ぎ役の役人が現れる。

「メイドリーン卿《きょう》、シールのムロー隊長がお越しですが」

ロゼウスはぴくりと眉《まゆ》をはね上げさせて立ち上がった。

「わかった。すぐ行く」

セリは何も言わず、その後に付き従う。


「夜まで御政務とは、ご苦労な事ですな」

コバーリム宮の一室、椅子《いす》とテーブルと、壺《つぼ》に活《い》けられた赤く色づいた楓《かえで》の枝。磨《みが》かれた茶色の木材で統一された調度の部屋の中は、ランプの光で明るく照らされている。

椅子の横に立ってロゼウスを迎えた、紺《こん》色の制服と藁《わら》色の髪の男は、何故《なぜ》だかいつもおかしな笑いを浮かべている印象だ。

「いや、そちらも」

言ってロゼウスは椅子《いす》に掛ける。セリは、ロゼウスの横に、一歩引いて立っている。

「すみませんが、ご用は手短に」

ロゼウスが言い、ムローが微笑《ほほえ》む。

「すぐ済みます。手配の二人が見つかりましてね」

「ほう」

「近郊の牢《ろう》は一杯ということで、山中の牢をお借りしました」

ロゼウスは眉《まゆ》を顰《ひそ》める。

「あそこは重犯罪者のための場所ですよ。丁重な扱いを、とクラスター殿下の手配書にはありましたが」

「私は殿下から全権を預けられてここに参りました」

ムローはたじろがない。張りついたような笑みはそのままだ。ロゼウスはなぜだか不快だったが、顔には出さない。

「……手配書にあったのはまだ年若い少女と少年だと覚えていますが」

「まあ、ジールに連行するのは少女一人ですがね。少年は目印です」

言ってムローは立ち上がる。

「お忙しい中失礼しました。ともあれ、ご報告にあがった次第です。それではさっそく手配者をジールへ……」

ノックの音がして、扉が開かれる。

「失礼いたします」

現れたのは灰色の巫女服《みこふく》と、頭巾《ずきん》姿のミナ・テフロカだった。

セリの頰《ほお》が少し染まり、ロゼウスは驚いて立ち上がる。

「テフロカ嬢《じょう》」

「メイドリーン卿《きょう》。ミナとお呼び下さいとあれほど申し上げましたでしょう？」

ミナは上品な笑みをロゼウスに向ける。

「……気をつけます」

「ええ、よろしく。ところで」

とミナはムローに向き直って言った。

「あなたがジールの隊長さん？」

小さな白い花がほころぶような笑顔をむけられて、ムローは少し怯《ひる》んだ。

「あ、う、」

「巫女のふりをして神殿に紛《まぎ》れ込んだ不届きものを捕らえて下さったんですってね！　なんてありがたいことかしら！　ところであの東大陸の少女には獣《けもの》の耳があるとのこと。まぁなんて珍しいのでしょう。話を聞かれたシェルドベリデ国王陛下が、是非《ぜひ》大祭で拝見したいと仰《おつしや》って。大祭まではもうすぐですわ。それくらいはお待ちになれますわよね？　なにしろ国王陛下のご希望なのですから」

うふ。

とばかりに小首を傾《かし》げて言われ、ムローはなんとなく後じさりながら頷《うなず》くしかなかった。

「ご快諾《かいだく》ありがとうございます。それではお疲れさま。よくお休みになってね」

ムローが退室して扉が閉められ、ムローが座っていた椅子《いす》に、ミナは勝手に腰掛けて、

「ふう」

と息を吐いた。

「テフロカ嬢《じよう》」

「ミナですよ。ロゼウス様」

「……ミナ様。なぜ大祭までなど……」

「時間稼《かせ》ぎですわ」

「え？」

ミナは黒い大きな目で、ロゼウスを見据《みす》えて言った。

「獣《けもの》の耳の少女の同行の少年は、ジオラルドさんとダイヤモンドさんの息子です」

「……え？」

啞然《あぜん》とするロゼウスを見つめたままミナは言う。

「少年はジールに連行しないとのことでしたけれど、少女が連行されて黙っていられるような気性でもあるはずがありませんしね」

「な、なぜそのような事がお分かりになられる」

「ジオラルドさんとダイヤモンドさんの息子だと言いましたでしょ？」

ロゼウスは深く納得した。

「ロゼウス様でしたら、ジール隊に圧力を掛けることも可能でしょうけれど、それでは外交上の問題になりますでしょう。彼らには自力で逃げて頂かなくてはなりません。………だから、時間と舞台が必要なのです」

「大祭に傷がつきますな」

呟《つぶや》いてからロゼウスは、くすりと笑った。あの二人の子供のためだ。多少の傷なら。

「……まぁいいか」

「お客様は面白がってくれると思いますわ」

口元に手を当ててミナは笑う。

「何しろ二人とも、とても可愛《かわい》らしいんですのよ」

「それにしても、ミナ」

低い声でセリが言う。

「陛下に、いつその娘のことを？」

「あら、セリ。決まってるじゃない」

ミナはおどけたように目を見開く。

「今からよ」


「知ってるか？　ジールが手配してた娘ッ子達。捕まったそうだぞ」

街角の露店《ろてん》で、昼間から泡酒《あわざけ》を楽しんでいる男達が酒の肴《さかな》に噂《うわさ》話《ばなし》をしている。このあたり、あまり治安のよくない街角でも、祭りの準備で活気は溢《あふ》れている。人通りは多く、人々の表情は明るい。普段仕事がなくても、この時期はどこでも人手が足りない。働き次第で本格的に職を手に入れられる好機でもある。

「ほおー。東大陸の娘だっていうじゃねぇか。どんななんだ？」

「さあなぁ。一緒にいるのは金髪《きんぱつ》の坊主《ぼうず》だって言うが」

「へー。そいつもどんなんだかな。今どこにいるんだ？」

「山の牢屋《ろうや》だって言うが」

「まあ街の牢屋はこの時期じゃな。祭り狙いのやさぐれどもでいっぱいだろうしなぁ」

その横を、頭を布で巻いた少年が通り過ぎる。

眼鏡《めがね》をかけた少年は少し離れて独りごちた。

「オニキス……何へマしてるんだ？」

思考を兄弟に飛ばした瞬間、少しぼうっとしたらしい。サファイヤは誰かにぶつかった。

「あ、失礼」

いきなり胸倉を摑《つか》まれる。

「貴様、ぶつかっといて挨拶《あいさつ》もなしかよ!!」

「謝ったのに」

緊張感なくサファイヤは呟《つぶや》くが、男は気にもとめない。

「ずぶといガキだな！　礼儀ってもんを教えてやるぜ！」

胸倉を摑まれ、爪先《つまさき》がようやくつく高さにぶらさげられて、それでもサファイヤはだらりと身体《からだ》の横に両手を垂らして、榛《はしばみ》色の目を光らせてにやりと笑んだ。

「面倒くさいな。欲しいのは金だろ？」

図星を指され、男の顔が赤く染まる。

「こ、この」

「いくら欲しいんだ？　言ってみろ」

目を覗《のぞ》き込まれたまま笑われたまま言われて、男は腹を立てて混乱する。なんなんだこの小僧。

その隙《すき》にサファイヤは右手を挙げて指先で男の鼻面《はなつら》を弾く。その爪《つめ》の先にわずかな雷光が弾けたが、昼の光に消されて、見えない。向けられた男だけが感電して卒倒した。

サファイヤは軽く身体《からだ》を回転させて男の手をふりほどいて着地する。

ひっぱられて崩《くず》れた着衣を整えて、白目をむいて倒れている男に向かって言う。

「まぁ、いくらって言われたって、持ってないから出せないんだけどさ。ああ、すみませんちょっと」

騒ぎを見物していた遊び人風の男に、ずかずかと近づいていってサファイヤは尋ねる。

「なっなんだっ」

「お訊《き》きしたいんですけど、花街《はなまち》ってどっちですか」

遊び人風の男が面白そうな表情になる。

「なんだ坊主《ぼうず》昼間から。いっちょまえだな」

「人捜しですよ。そうだ、あなたにもお訊きしとこう。女好きで酒飲みで博打《ばくち》打ちで、自分で自分を褒《ほ》め称《たた》える癖《くせ》のある、魔力の強い魔法使いを知りませんか？　僕の知り合いなんですけど、ここら辺にいるかと思って」

第五章　山中の一夜

鹿のステーキに胡桃《くるみ》のペースト、焼いた白いパンに、葡萄《ぶどう》のジュース、揚《あ》げた銀杏《ぎんなん》に野菜のシチュー。

「どーした。感激してくれよ」

緑の服を着た、背の小さな年の判らない男が看守だ。子供みたいな背丈《せたけ》なのにいぼだらけの鼻だけが大きくて、灰色の髪の中には鳥の羽根が編み込んである。山鳥の、茶色と黒の幾何学《きかがく》模様。その頭の上には三角帽子が載っている。

その男が持ってきた料理は、白い磁器《じき》の皿に乗ってきて、湯気を立てている。テーブルはないから、床に置いたまま食べるしかないが、ナイフもフォークもきちんとしたものだ。

「いや。感激はしてるんだけど」

盆を前に正座した宝珠《ほうじゅ》が言い、壁一枚隔《へだ》てた隣の部屋でオニキスが言う。

「ここ、牢屋《ろうや》だよな？　俺らあした死刑になんの？」

「死刑ッ!?」

宝珠がびくりと毛を逆立てる。

「だって死刑の前には心残りないようにいい物食べさせるって言うじゃん」

「何!? そんな親切な話聞いたことない、ていうか死刑なの!?」

「だってこんないいもん出るって事はよぅ」

オニキスは顎《あご》に手を当ててうーむと考え込んでいる。

「何それーあたしまだなんにもしてないのにー」

「まだってなんだまだって」

「いろんな手口は知ってるけどでも、なんかやだからなんとなくやってないだけだけど、でもあたしまだ何もしてないのにー。やっぱ、服返さなきゃいけなかったんだ」

「貸した部屋着の一着盗まれたからって死刑にする王族がいるかい」

「いるかもしんないじゃんー。何よクラスター王子のけちんぼー」

「……冷めるぞ」

看守が冷静に言って、二人は反射的にナイフとフォークを手にとった。

「いただきます」

二人同時にそう言って、ステーキにナイフを入れる。

「毒とか」

看守が前触れもなくそう言ったので、二人はぐっと喉《のど》に肉を詰まらせる。

「は、入ってないから安心しろ」

ごぼごほと咳《せ》き込む二人をほったらかして、看守はけらけら笑いながら、鍵束《かぎたば》を鳴らして暗い廊下《ろうか》を歩いて行った。

最低限歩けるだけの灯《あか》りしかついていない廊下の暗闇に、ふわりと灯りが灯《とも》るように、金色の巻き毛の、闇を透き通らせる女の姿が現れる。

看守は足を止め、冬の終わりを告げる花が、一輪ほころんだのを見るような目でそれを見つめる。

「よう、伯爵《はくしゃく》」

「伯爵言うな」

ダイヤモンドは困り顔で言う。

「いつまでも言うよね、それ」

「最初に会ったときの呼び名は引きずるもんさ。ましてやあんたくらい強烈だとな。女だと判ったときはたまげたもんさ」

言いながら看守は腰ひもの後ろに鍵の音をちゃらつかせて、ダイヤモンドを通り抜けて厨房《ちゅうぼう》に向かう。

「あれかい。あの坊主《ぼうず》はあんたの子かい」

ダイヤモンドも看守が歩くのに合わせて移動する。

「ん？　なんでわかった？」

「似てる。顔が」

「そぉ？　そぉ？　やーん。でもあの子はわりと、旦那《だんな》似かなーって」

「旦那には会ったことねえな、そういや。挨拶《あいさつ》しにきちゃくれねえのか？」

看守は厨房《ちゅうぼう》に辿《たど》り着くと、鍋《なべ》に沸かした湯を柄杓《ひしゃく》で取って、茶葉を入れたポットに注いだ。

「ああ、あのひと、魔族《まぞく》関係に近づけないのよ」

「魔族？」

「うん、ここ、本来魔族の領域だからねぇ」

「ああ、夜うるせぇのはそれか。変な音やたらすんだよなここ。七竈《ななかまど》多いし」

雨漏《あまも》りがして困る、と言うような調子で看守は言う。魔族がいるから怖ろしいという感情はないようだ。

「で、旦那はなんで魔族関係に近づけないんだ？」

「あたしらが意識だけ出るときに、バロックヒートに魔族の代表が陳情《ちんじょう》しに来たってさ」

ダイヤモンドは目を伏せて思いを馳《は》せる。

霧雨《きりさめ》の降る六月だったという。湿った空気が身体《からだ》深くにしみいるような午後だったという。

子供たちの記憶という代価を力に、魔術の王は律《りつ》に則《のっと》って力を揮《ふる》おうと、琥珀《こはく》の楡《にれ》の前に、泥を踏んで立った。

「長い尾を持つ魔術の王よ」

鈍く光る鏡のような皮膚《ひふ》を持っていたと言う。銀の瞳だったとバロックヒートはダイヤモンドに静かに言った。

「頼みがある。……獣《けもの》の王子を、魔王に会わせないようにして欲しい」

「……目敏《めざと》いな、魔族？」

青い肌に、長い髪が濡れて貼りついていただろう。魔術の王はきっと、面白そうに少し意地悪に笑っただろう。

「魔族はどこにでもいる。闇や影の中にいつでも潜《ひそ》む。そして全ての魔族は魔王を愛する。魔術の王が魔術の律に従うように。魔族は魔王が害されるのを望まない」

その手のひらに、凝固《ぎょうこ》した血液のような赤い玉が塡《はま》っていたという。霧雨にけぶって美しかったという。

「外に出ても、獣の王子は魔王を害するとは限らんだろう」

「そうかも知れない。そうでないかも知れない。だから頼むのだ、魔術の王よ。獣の王子と破《は》魔《ま》の姫君。できればどちらともを、魔族に近づけないという法則を、今から行う魔法に加えてくれはしないだろうか」

あの、北の森に降る霧雨。音は静かで、そして多層な、密やかな雨の音。日の光が、遠く明る雨の日の午後。魔族は続ける。

「代価は約束。魔族は魔術の王の全ての行いに干渉《かんしょう》をせず、魔族の王の精を吸わない」

「……人間の子供三人分の、記憶という代価にはとうてい及びもつかないが……期限つきならいいだろう。それと、どちらか一人は、魔王には近づけないだけだ。他の魔族には近づける。あとは知らん。それと精神体の二人には、魔族はちょっかいを出せないという条件つきなら受け入れよう」

聞いた魔族は、ほっとした顔をしたという。

「感謝する」

そう言って、霧雨《きりさめ》の中かき消えたという。

茶碗《ちゃわん》を二つ出して、紅茶を注いで、椅子《いす》に掛けてそれを飲みながら看守はその話を聞き終える。

「その魔族はほんとにあんたの旦那《だんな》を怖がってるみたいだな」

「うん」

出された紅茶を持ち上げることも飲むこともできない。それでもそれはもてなす心の表れだから、ダイヤモンドは嬉《うれ》しく思う。

「……魔王……つぅか、元サリタ・タロットワークが今どんなんなってるかはわかんないし、今何考えてるのかもわかんないんだけどね」

「……まぁいい。それより、俺よりも子供に会っていくといい。さほど時間もないんだろ？」

「あ、子供には会えないんだ」

「魔法の律《りつ》ってやつかい」

「うん」

「面倒なこったなぁ。ところであの女の子の耳を見たかい？　あんた好きだろ」

「うんっ」

「やっぱりな」

　そして二人で笑い合い、不意にダイヤモンドは立ち上がる。

「……さて、そろそろ頃合いね。じゃ、あたしやることあるからこれで失礼するわ」

「おう。またな」

　看守はあっさり言って、茶を飲み干す。

　そしてダイヤモンドは空中へと移動する。

　天は回ってすっかり夜だ。冴《さ》え冴《ざ》えとした空に、色とりどりの星が宝石みたいにちりばめられ、東の空には銀河の腕が、白濁《はくだく》した川だ。薄い雲が風に乗って早く流れる。

　肉体がないので風を感じることは出来ないが、風に混じるなにかを感じることはある。これがなんなのか、ダイヤモンドは説明できない。けれど肉体があったときも、どこかで感じていた。そんななじみ深い何かだ。

足下には平屋《ひらや》の一棟《ひとむね》、山の裾《すそ》にはコバーリムの市街の灯《あか》りが揺れている。コバーリムは山の国だから、さほど遠くないところに星空を切り取って黒く大山脈が見えている。

そして、視線を向ければ、そこには闇で形作った曖昧《あいまい》な形の雲の様な鳥のようなもの。中心に乗っているのは、鏡のような肌の、人型の魔族だった。その眼球の有様は、人とは違う様子で、ああ、人の部位で、眼球が一番難しいのだろうとダイヤモンドは思った。

それでも彼は驚いた、きつい顔をしていて、そんなところは人間に似ている。魔族にも感情というのはあって、それはおそらく基本のところでは人間と大差はないのだろう。

以前会った魔族だ。サリタ・タロットワークが人間だった最後の日に、彼の傍《そば》にいた魔族だ。

「お久しぶりね、ジエール」

「……ああ、久しぶりだ。魔族の中でもあなたの噂《うわさ》は聞いているよ」

「あら、そ。サリタはなんて？」

「伝えていない」

驚いてダイヤモンドは言う。

「どして」

「……どう伝えていいのかわからない。あなた達のことは」

困惑して、ジエールは視線を落とす。

「そんな考えなくてもいいのに」

「考えるよ。ただでさえ魔王は……。ところで、どうして俺の名を？」

「リオ・アースがオニキスから聞いて、あたしはリオ・アースから聞いたの」

「ああ、なるほど……オニキスは元気か？」

「会ってけば？」

え、という顔でジエールが見返したので、ダイヤモンドは唇を尖《とが》らせて足下の建物を指した。

「……下にいるのか。あ、獣《けもの》の耳の娘と一緒か？」

「そうよ」

「参ったな……離れているのかと思ったのに」

困ったようにジエールは視線を落とす。その沈黙を物ともせずにダイヤモンドは腕を組み、悠然《ゆうぜん》と口を開いた。

「……前にここに来たときは初夏だったからあんまり気がつかなかったんだけど、秋に看守に会いに来て気がついたの。七竈《ななかまど》がとても多いのね。てことは魔族の領土の境界線じゃない？不安になって来てみたんだけど、一体どういうことかしら。あの獣の耳の女の子のために、あなたは何をしに来たのジエール」

「あなたには関係が」

「あるはずよ。なんつったって世界の支柱ですからねぇ？　そんでもって、あんたがここにいるってことは魔王がらみのなにかが、彼女にあるってことよねぇ？」

ジエールは短く息を吐き、諦《あきら》めたように言う。

「ああ。俺はあの娘の未来を視《み》たからな。曖昧《あいまい》なものだけれど」

「どんな」

「言えない」

「……ふーん」

ダイヤモンドは半眼《はんがん》でジエールを見る。

「ところでさ」

「な、なんだ」

「最近魔族の動きがへんなんだけど、あなたどう思ってるの？」

「別に。他の魔族の動きには興味がない」

「そーか。サリタ元気？」

「……済まないが、帰る。あなたがいるのでは、獣《けもの》の耳の娘には手が出せない」

「そぉ。できることなら他の魔族にもそう言って貰《もら》いたいものだけれど」

「他の魔族を思い通りにすることは、俺には出来ないよ。ではな」

黒い雲のような闇が、ジエールを包んでそして消えた。

残されたダイヤモンドは溜息《ためいき》を吐く。ジエールがこのまま帰るとは思えなかったけれど、自分はそろそろ帰る時間なのだった。


「どーしよーかー」

「どーしよーなー」

隣の部屋同士で、壁一枚を隔《へだ》てて、お互いその壁にもたれかかって二人は話す。

「なんか、あたしはジールに連れてかれるけど、オニキスはとりあえずここで解放されるんじゃないかなぁ」

宝珠は長い黒髪をいじりながら言う。

「だったらどうだってんだよ」

「いや、そんならそんでオニキスはいいじゃん？」

「まぁな」

「あたしはなんでジールに連れてかれるのかもわかんないしさぁ」

壁の向こうのオニキスの声に、笑いが含まれる。

「案外クラスター王子がお前のこと好きになったんだったりしてな」

「あるわけないじゃんそんなの」

宝珠が考えもせずにそう言い、少し間があってオニキスが返した。

「……案外あるかもよ」

「そーかなぁ」

「や、わかんないけど」

「まぁ、もし、逃げられるなら逃げちゃいたいし。やっぱさ、自力でトードリア行きたいし
……逃げる方法ッてないかなあ」

「んー……」

オニキスは唇を尖《とが》らせて考える。

なんだってこいつは、誰かに自分が好かれるとかそういうことを、全然考えないんだろう。

生《お》い立《た》ちの話は聞いた。まぁ恵まれているとは言い難い環境だったようだし、今はだいぶよくなったけれど、そういえば会ったときは、肉の割れたひどいあかぎれの手をしていた。家族にあまり愛されなかった。悲しいことではあるが、よく聞く話でもある。自分はおそらく、とても恵まれているのだ。記憶はないが、怒られるのにはむかつくが、少なくとも自分が誰かに好かれることはあるのだということは本能の部分でわかっている。

「オニキス。なんか別のこと考えてない？」

「えっあ、いいやァ？　真面目《まじめ》に考えてるぜ」

焦《あせ》りながら言う。女というのはこれだから怖い。いったいこういう事をどこで勘《かん》づくのだろ

うか。

「んむー。でもさー考えてもさ、情報少ないからどうしようもー」

困り果てた宝珠の声。

オニキスの目に、廊下《ろうか》の壁に揺れる影が映る。それと足音。

「しっ。宝珠」

「え」

「誰か来た」

二人は壁から離れて、座り直す。宝珠は床に敷かれた夜具《やぐ》の上、オニキスは反対側の壁に。

ややあって現れたのは、手に燭台《しょくだい》を持ち、今は頭巾《ずきん》を外して長い黒髪を肩に落とした、巫女《みこ》服《ふく》姿のミナ・テフロア。腕には包みを抱えている。

「ごきげんよう。オーキス、宝珠さん」

「あっミナさん」

オニキスがそう言って、鉄格子《てつごうし》の近くに寄って、宝珠も立ち上がって鉄格子に駆け寄る。

「すみませんでした、ご迷惑かけちゃって……」

「べつに迷惑なことはないわよ。宝珠さん、着替え持ってきたの。あとね、お忍《しの》びでこちら」

軽い足音と共にやってきたのは、フードを頭から被《かぶ》った少年だった。今まで看守と話をしていたらしい。

彼はフードを取りながら言った。

「私はシェルドベリデ・コバーリム。この国の王だ」

光の強い鳶《とび》色の瞳をしていた。意志の強そうな口元をしていた。

宝珠は全身緊張する。

なんだ。なんなんだ。

西大陸に来てからやたらと王族に会う。この間まで、偉い人になんか縁もゆかりもなかったのに。

「うえっ何の用ですかあたしなんかしましたか」

つい言ってしまった宝珠に、シェルドベリデはにこりと笑う。

「いや、君は東大陸から来たそうだね。あちらの話を聞かせて欲しい。なんでもいい」

そうしてシェルドベリデはマントを跳ね上げると、廊下《ろうか》に直《じか》に腰を降ろした。

「そう、東大陸では家はどんな物で出来ているのかな。朝起きたら一番始めに何を食べるのかな？　まずそこからだ。ミナ、筆記を頼む」

随分《ずいぶん》喋《しゃべ》って、深夜になってシェルドベリデは帰って行った。宝珠は看守に出された葡萄《ぶどう》のジュースを飲む。強い甘さが喉《のど》を灼《や》く。

静かになると虫の声が沢山《たくさん》するのが聞こえる。秋の虫だ。涼やかな、高い音。相手を求める雄《おす》の音楽だという。

「オニキス」

壁越しに声を掛ける。

「ん？」

「起きてる？」

「寝てたら返事しねぇだろ」

らしい言いぐさにくすりと笑って、宝珠は寝具の上で膝《ひざ》を抱いて笑う。

「……話聞いてもらえるって嬉《うれ》しいね」

俺だって聞いてるじゃん、とオニキスは唇を尖《とが》らせた。

「こっち来てから、話聞いてくれる人がいっぱいいて嬉しいんだ、あたし」

ミナに貰《もら》った椿《つばき》の枝を、くるくる回しながら宝珠は言う。花もつぼみもないが、葉っぱが光を弾いてきれいだ。

これを手放さずに眠りなさいと言われた。オニキスも渡された。

「……なんだろうこれ」

宝珠の呟《つぶや》きに、寝具の上で横になって腕をついて頭を支えていたオニキスが、やはり椿の枝を見ながら呟く。

「なんだろうな。とにかく絶対放すなってことだったけど」

ふと、虫の声が止んだ。

今まで聞こえなかった風の音が聞こえる。

山肌の木々の揺れる音。草のこすれる音。虫の声というのは、賑《にぎ》やかなものだと、失われて初めて知る。

「オニキス」

宝珠は怯《おび》えてオニキスの名を呼ぶ。

返事はない。

「……オニキス⁉」

ざわりと首筋の毛が逆立つ。どうして返事がない？

ころがるように壁に駆け寄り、拳で壁を叩く。

「オニキス！」

壁の振動を背中で感じながら、オニキスは部屋の中に忽然《こつぜん》と現れたものに視線と意識を奪われて、身動きがとれなくなる。咄嗟《とっさ》に起きあがって、壁を背にしたまではよかったのだが。

全身から冷たい汗が噴き出して、呼吸が耳障りだ。全身がかたかたと小さく震えてとめられない。

自分の身体《からだ》が縫《ぬ》い止められた虫か何かのように、自分にならない。

なんだろう。なんだろうこれは。

魔族には慣れている。さほど恐怖を感じない。魔族にも人間と同じように個体差がある。いいものもいれば悪いものもいる。

けれどこれは、そんな話は通用しない類《たぐい》のものだ。

それが、それだけがわかる。

宝珠の声がするのは判るが、自分の血流の音で遠い。

狭い部屋の中に現れたのは黒い色。そして羽根だ。黒い羽根だ。

見ているはずなのに、全体像が頭の中に入ってこない。焦点が合わないのか、情報を処理しきれないのか判らない。

人間、の身体の変形なのだろうか。全身が畳《たた》まれた翼に包まれているようだがその翼が変だ。付き方が変だ。これで本当に広げられるのだろうか。生き物の造形の法則として変だ。

まるで目をつぶって適当につけたような不様さだ。大きさもまちまちで、順序がまるでなっていない。一番大きい翼はべたりと床につけられている。ひきずっているようだ。鳥の部分を持っているというのに、足は素足の人間の男のもので、あのたくましい蹴爪《けづめ》は見あたらない。爪の色も黒くはあったが、形は人のものだった。

それでも威圧感は、強い。

それはあるいはこの色によるものだろうか。

黒と一口で言っても、様々だ。炭の黒、インクの黒、布の黒、闇の黒。目を閉じたときのくろいろ。

けれどこの黒は知らない。

あまりにも黒くて、かえって光り輝くようにも見える。けれど、何色だと問われれば、黒だというしかない色だ。

頭の部分から、目が片一方だけ見えている。その下瞼《したまぶた》からも、小さい、おかしな形の翼が一枚生えていて、鼻の形や口元を覆《おお》い隠していた。

その瞳も黒だ。

闇を集めて固めた様な黒だ。

その眼が自分を見下ろしている。

オニキスは自分は腰が抜けているんだと思った。身体《からだ》のどこにも力が入らない。

「怖ろしいか」

奇妙に涼やかに響く声だった。魔族の声だ。人の子ではあり得ない、多層の響き。

オニキスは何も考えずに頷《うなず》いた。

目の前のものは何も動じなかった。

オニキスは気がつく。その羽根が、羽根自体が微妙に鼓動《こどう》を繰り返している。この羽根自体が生き物のようだ。しかも、その羽根の一枚一枚が鼓動《こどう》どころか蠢動《しゅんどう》していることに気がつい

て、オニキスは総毛立つ。

けれど一つだけ見える目は、何の苦痛も違和感も示してはいない。

「……あんた、何だ……」

張りつく喉《のど》で、上顎《うわあご》にへばりついたまま動かなくなるかと思える舌で、オニキスは息だけで言った。

一つだけ見える目元が少し、笑んだ。

自嘲《じちよう》の様に見えた。

「名は」

声に色があるなら、やはり輝く黒だろう。

次元の違う生き物の声。

「サルドニュクス」

それと、同じ部屋にいる自分がとんでもなく異常に思えた。

第六章　秋の祭典　朝

サルドニュクスとそれは名乗った。

魔族《まぞく》の、名乗りは。

オニキスは思い至って、泣き顔とも笑い顔ともつかない表情をうかべた。

「……なんで名乗るんだ？」

目の前のものは表情を動かさない。

「訊《き》かれたからな」

「魔族の名前は、訊かれたから教えるってもんじゃねぇだろう！」

「変な子供だな」

「な、なんだと？」

「怒るのならば訊かなければいいのに」

平坦《へいたん》な声の調子で言われ、オニキスはかっとなる。

「名乗れとは言ってない！」

「対等でありたいなら、お前も名乗ればいいのだ」

オニキスは相手を睨《にら》み付けて低く唸《うな》るように言った。

「……オニキス・ジェムナス・トードリア」

相手の目元が、笑みを作る。

「これをやろう。獣《けもの》の耳の少女と共に私の元へと辿《たど》り着け」

オニキスの足下《あしもと》に、なにかが放り投げられる。

そして冷たく痛いような風を巻き起こして、それは部屋の中から消えた。

上空、雲の上まで出て、サルドニュクスはぼんやり足下の風景を見る。遠い、人間の街の灯《あか》り、そして人間の目には映らないが、暗い森の中に住まいする、魔族や霊魂《れいこん》達の輝き。なんと賑々《にぎにぎ》しい夜だ。流石《さすが》は秋の大祭だ。人間達の祭りではあるが、それは魔族が活気づく周期と同調していると、人間達は知り得ない。

人間と魔族では知覚が違う部分があるから、この風景を知り得ない。夜風に潜《ひそ》む、この万億の色彩の粒子《りゆうし》を知り得ない。夜はこんなにも輝かしい。

「魔王！」

安堵《あんど》と叱責《しっせき》の混ざる声で現れたのは、闇の雲に乗ったジエールだ。

「ジエール」

「乗れ！　無理をするな！」

「別に無理じゃない」

「うるさい、そんな身体《からだ》で」

サルドニュクスは大人しくジエールの雲に乗る。

「……獣の耳の娘に会いに来たのか？」

ジエールの問いにリルドニュクスは答える。

「いや。オニキスに会いに」

「……獣の耳の娘は、放っておいていいのか？」

「ああ。楽しみにしている。だからお前も手を出すなよ」

……魔王を害し。……魔王の望みを叶《かな》える。

ジエールの視《み》た未来では、あの娘はその状態をもたらす使者だ。

「消してしまった方がいいのに」

「……僕の望みを、ジエールお前は知らないだろう」

その言葉のうっとりとした響き。

ジエールは昔人間だったこいつより、自分の方がよっぽど人間の様だと思いながら唇をかみしめる。

「オニキス！」

看守《かんしゅ》に鍵《かぎ》を開けて貰《もら》い、宝珠《ほうじゅ》はオニキスの牢《ろう》の中に飛び込んできた。蒼白《そうはく》な顔をして、へたり込んでいるオニキスに、何も考えずに飛びつく。両手で顔を挟《はさ》んで向けさせる。

「ちょっと！　大丈夫!?」

「えっ、あ」

頰《ほお》に何かがついてぬるりとした。宝珠の声よりその感触で正気に返る。

「……なにこれ」

「え」

言われて宝珠はオニキスの頰を見る。

「わぁ！　血だ！　オニキス怪我《けが》してんじゃないの!?　大丈夫!?」

「い、いや、どこも痛くないけど」

「うわ！　あたしじゃん！　びっくりした！」

宝珠は自分の手を見て驚く。皮が剝《む》けて、血が出ていた。

「な、なんでお前……」

うろたえるオニキスに宝珠は手を押さえる。そうかずっと壁を叩いていたのだと、オニキスは思う。

「うー怪我《けが》してるって思った途端に痛いーい。で、オニキスどうなの？　どっか怪我とかしてない？」

「ん、と、と思う……」

「てゆーか、何があったわけ？　なんかいたよね？」

「嬢《じょう》ちゃん手をよこせ。ほらちょっとしみるぞ」

「いたたたた。ねえなんかいたよね？」

「手を動かすな嬢ちゃんよーう」

「ねぇってば」

看守が薬箱を持ってきて、宝珠の手に薬草を貼ったり包帯を巻いたりしているが、宝珠はあまり気がついていないようだ。

「あっあのえーと、魔族来てた。なんかスゲー強そうなやつ。いや、見た目けっこうぼろっちいんだけどなんかスゲー怖かった」

「ぼろっちい？」

看守と宝珠の頭の中は「ぼろっちくてスゲー怖い」魔族の勝手な様子でいっぱいになる。

「どんなの？」

「羽根一杯生えてて」

「うんうん」

「その羽根が全部一枚一枚生き物みたいで」

「うえっ」

「なんか真っ黒でー」

「んー」

「人間ぽいの」

看守《かんしゅ》と宝珠は顔を見合わせる。

「……あんまり」

「ぼろっちくも怖くもないんじゃ？」

「うーんそれはともかく疲れた」

言ってオニキスは寝具《しんぐ》に倒れ込む。

「肉食うか」

と看守。

「寝なよ」

と宝珠。

オニキスは少し考えて結論を出した。

「肉食って寝る」

コバーリム宮殿の一隅《いちぐう》に、外国からの賓客《ひんきゃく》の宿泊のための部屋がある。勿論《もちろん》同行の世話係の部屋やら警備係の部屋やらで、一国に何部屋もわりあてられることになるから宮殿は多くの部屋を持ち、広大で美しくあらねばならない。けれど、コバーリム宮殿は修理、改装を何年にも渡って行っているので、未だ手狭《てぜま》だ。城下にふさわしい宿泊施設もないから貴族や裕福な商人の屋敷で振り分けてはいるが、国賓《こくひん》に相応《ふさわ》しいものといえば数は少ないのだ。

その中の一邸が、メイドリーン邸だった。

「毎年、申し訳ありません。フェレンナハイド宰相《さいしょう》」

練《ね》りガラスの五色の笠《かさ》越しのランプ。やわらかいその灯《あか》りに照らされて言うのは、少年王、シェルドベリデ・コバーリム。

「いいえ。気に入っておりますよこの屋敷は。秋の薔薇園《ばらえん》はまた格別です」

昨日着ていた着物とは、仕立てから生地《きじ》からまるで比べ物にはならないゆったりとした服を着て、グラスを揺らしているライーは微笑《ほほえ》む。

その姿を見て、昨日の夜に屋台で汁物《しるもの》をかっこんでいた眼鏡《めがね》の男と重ね合わせる人間はそうはいないだろう。

「ええ、私もなんやかやと理由をつけてここに遊びに来るのが楽しみなのですが、当のメイドリーン卿《きょう》が忙しくてどうにも」

「今日も当主はあちらにお泊まりですか」

「そのようです。私もこれから帰ってまだやることが」

「陛下《へいか》。今日はもうこちらにお泊まりなされませ」

ミナにそう言われ、シェルドベリデは当惑する。

「いや、そういうわけには」

「ダメです。今夜はこちらにお世話になります」

そのミナの断固とした言い方に、シェルドベリデは違和感を感じる。けれど、王が何か言うより早く、ライーが呟《つぶや》く。

「ミナちゃん。なんかあるの？」

「ええ。今夜は魔族の動きが何かおかしいのです。大物が動いた感があります。陛下もお気づきになられませんでした？」

なんでこの若い女性祭司は隣国の宰相《さいしょう》を「さん」なんて気易《きやす》い敬称で呼ぶのだろう、そして宰相氏もなぜ「ちゃん」付けなのだろうと、正直面食らいながらシェルドベリデは答える。

「そういえば、いやに人通りが少なかったし、変に静かだったな」

「市井《しせい》の者は、案外異変に敏感ですのよ。王宮の方々は何故《なぜ》だか鈍感《どんかん》すぎます」

あははとライーは口に出して笑った。

「そりゃぁあれこれいらんことで頭の中一杯だもん。フツーの人たちは自分の生活大事にしてるからね。こんな日に外うろついて魔族に精気を吸われたりするのはせいぜい」

ノックの音がして、ミナが席を立って扉を開ける。

「あ、ヘリオドール様」

「こんばんは。蔵から葡萄《ぶどう》酒を持って参りました。皆様で如何《いかが》かしらと存じまして」

盆にグラスとワインの瓶《びん》、カナッペの皿を乗せて入ってきたのは、薄い黄色の髪を結《ゆ》い上げて纏《まと》め、ベージュのドレスに金細工《きんざいく》の飾りをつけた婦人だった。

「ご無沙汰《ぶさた》しておりますな、ヘリオドール様」

シェルドベリデはそう言い、ヘリオドールは礼を取ってテーブルに盆を置き、暖かいランプの光にその穏やかな横顔を照らす。

「陛下にはいつも主人がお世話になって」

「実際よく働いてくれますよ、メイドリーン卿は。実に有能です」

ヘリオドールは嬉《うれ》しそうに微笑《ほほえ》んで礼を言う。ワインを開け、グラスに注ぎながら会話は続く。

「ありがとうございます。……ところで薔薇園《ばらえん》に灯《あか》りを入れさせましたのよ。お話の合間にでもご覧になって下さいませ。ところで陛下とミナ様、もう遅いですからよろしければお泊まりになっていってくださいませ」

「あ、はい、お願いいたします」

ミナの返事にヘリオドールは微笑《ほほえ》んで、

「では部屋を整えさせますので、私はこれで。次の間《ま》に家の者を置いておきますので、御用事の際にはなんなりと」

と言って去っていった。

音も立てずに扉が閉められ、ライーは短く感心したような溜息《ためいき》を吐く。

「なんというか。実によい奥方ですな」

「タイプではないでしょライーさんは」

ミナが言ってライーがしかめ面《つら》をする。

「言っとくけどねミナちゃん。僕は君の思ってるような性癖《せいへき》は」

「そーゆー意味じゃないですよぅー だ。ライーさんの奥様、トードリアの女王陛下は実に辣腕《らつわん》であられるそうじゃないですか。ヘリオドール様と違って外向きに有能な方ということでね」

「ああ、うん、まぁ、たしかにリブロが掃除洗濯繕《そうじせんたくつくろ》い物してるのなんかみたことないしなぁ」

「人には向き不向きがありますからねぇ。でも、ヘリオドール様、もう少しほぐれてくださってもいいのになぁ。どうなんでしょう閣下《かっか》。メイドリーン卿《きょう》には違うのでしょうか」

いきなり話をふられたシェルドベルデはぎくりと身を強《こわ》ばらせる。

「えっ知らないが」

「それもそうか。うーん。セリさんに訊《き》こうっと」

ミナは顎《あご》に手を当てて呟《つぶや》いた。

「あっおいしいやこのワイン。ところで」

ライーの声が真剣みを帯びる。

「ミナちゃんと陛下が僕んとこ来たのは、ロゼウスさんの奥さんの評定《ひょうてい》するためじゃないでしょうが」

あっそうそうと二人は身を乗り出す。

「会ってきたのだが、あの東大陸の娘。いろんな話が聞けたぞ。ジールが彼女をなんの為に欲しがっているのかはわからんが、あのムローという隊長どうも信用が出来ん」

「一々信用してたら身がもたないでしょう」

カナッペを食べながら、酷薄《こくはく》な表情でライーは言う。

シェルドベリデは苦笑して、グラスを手に取る。

「判断基準としての話です」

ライーの表情に暖かさが戻る。

「なるほど」

シェルドベルデはライーを見つめて微笑《ほほえ》む。

「……宰相閣下《さいしょうかっか》。あなたは私が信用できる、数少ない方の一人ですよ」

「おや。痛い目を見ますよ」

「まあ、承知の上で」

ワインのグラスを傾けながら、少年王はくすくす笑う。

「少なくともジールの誰よりも、信用しております。だから」

ライーの灰色の瞳。眼鏡《めがね》越しの冬空の色のそれを見据《みす》えてシェルドベリデは言った。

「明日、彼らを逃がすのに力をお貸ししようとしているんでしょう？」

ライーは苦笑すると立ち上がり、窓の近くに立った。なんだか少し照れくさくなったのだ。

夜の秋の薔薇園《ばらえん》は、秋咲きの八重《やえ》の薔薇が多く咲き揃《そろ》っている。春や夏のそれほどではないが、その合間に立てられた灯《あか》りに映《は》えて、静かに輝いている。

「……今夜は本当に静かですね。こんな夜に外を歩くのは、酔っぱらいか、よほどの数奇者《すきもの》だ」

数人の酔っぱらいが、路地裏で一人の少年をかこんでいる。その腹に響く声、やたら高い体温、臭い息。

襟首《えりくび》を掴《つか》まれたサファイヤは、頬《ほお》を掻《か》きながら半笑いで呟《つぶや》く。

「なんで僕、こーゆー状態によくなるのかなー。変なフェロモン出てるのかなーアハハハハハやだやだ」

「何ぶつぶつ言ってやがる！」

「ぶつかっといて挨拶《あいさつ》もなしたぁどういう了見《りょうけん》なんだメガネチビ！」

昼間と似た台詞《せりふ》。けれど、雰囲気《ふんいき》が何となく違う。まあ、言っているやつが別人だからと言うのもあろうが、なにか過剰《かじょう》だ。

「ねぇねぇあのさぁ」

言ってサファイヤはぽんぽんと自分を掴まえている男の二の腕を叩いた。

「ちょっと落ち着いてみない？　そんで、いつもの自分より少し、気が大きくなってるような気がしない？　なってるんなら魔族の仕業《しわざ》だよ。自分の知らないうちに誰かに都合よく使われてるなんて嫌な気がしないかい？」

「うるせぇ人を小心者みたいに！」

「やっちまえディキン！」

「この小生意気なガキに世間ってものを教えてやろうぜ！」

「ちぇ」

サファイヤの爪に光が宿る。唇がわずかに動いて一言だけを綴《つづ》る。

「雷撃《らいげき》」

闇の中に一瞬白く閃《ひらめ》く閃光《せんこう》。男達はうなり声をあげて昏倒《こんとう》する。

サファイヤは男の手から逃れて着地すると、右足を強く地面に打ち付けた。

「僕の名前は、サファイヤ・ジェムナス・トードリア」

大きな声ではなかったが、強く夜を通る声だった。建物の間から見える細い星空。その空間を貫《つらぬ》き通すような声だった。

「名乗りを上げたぞ、魔族、出てこい！」

街を行く風が鳴る。サファイヤは気を張りつめて待つ。

やがて、ごそりと路地の上、壁の闇から気配が強い声が降ってきた。

「あ、あたしの名はミュルミュール」

やっぱりいたか、とサファイヤは口元に笑みを刻む。

「怯《おび》えなくていいよ何もしない」

言いながら気絶した男をまたいで声のする方へ行く。

ミュルミュールの姿は闇に隠れてはっきり見えない。魔族に性別はないはずだが、精神性によって言葉づかいは自然と選ばれるものらしい。

「訊《き》きたいんだけど、この辺で遊んでる魔法使いいないかな。自画自賛が癖《くせ》で、魔力はたいしたものらしいんだけど」

「……スマート・ゴルディオンのこと？」

サファイヤは息を呑《の》んで頬《ほお》を紅潮《こうちょう》させる。急《せ》き込んで答えた。

「う、うん、そう！　どうして知ってるの？」

「有名だもの。女神コリアムの思い人。鉄色の髪の」

「どこにいるのかな。会いたいんだ」

しばらく待ったが返事がない。

静けさに焦《じ》れて、サファイヤは言う。

「ミュルミュール？」

返事はない。

「ミュルミュール！」

やはり返事はない。

逃げられてしまったかなと思って顔を曇らせ、溜息《ためいき》を吐く。

ふと気がつけば、路地に足音が響いていた。大人の男の、少し重いような音。一人だ。こんな夜に、こんな道を偶然通るやつがいるだろうか。

遠い大通りの街灯の明かりを背に、映る影は膝丈《ひざたけ》のマント姿。ルビーの嵌《は》まった杖《つえ》を持っているところをみると、こいつも魔法使いなのだろう。

「……魔法使いに用事がある子供ってのはお前《め》ェか？」

笑みを含んだ声だ。

なんだか軽妙な、けれどこんな路地裏の闇がどこか似合うような不思議な声だった。

「日割りでなら、雇《やと》われてやってもいいぜ」

まずい。

こいつは強い。

本能の部分でそう判断する。首筋の毛が全て立つ。

「……誰でもいいって訳じゃないよ。悪いけど。それにそんなにお金持ってないし。さよなら」

言ってサファイヤは、その男の横を通り過ぎようとする。

「つれねえなァ」

サファイヤの細い肩を、不意に男は鷲摑《わしづか》みにした。

「当座、なんか困ってるんだろ？」

確かに。

サファイヤはつい頷《うなず》いてしまった。

鉄格子《てつごうし》の嵌《は》まった窓から、夜明けの空が見える。

宝珠は起き出して、目をこすりながら鉄格子に掴まって、外の様子を見る。

結構な急斜面の山に、色づいた木々が生えていて、夜明けの光に浮かび上がる。日の出はまだだ。朝霧《あさぎり》が山の斜面をゆっくりと流れて落ちる。

遠く鳥の声はするが、あまりにも静かで、その霧が流れる音が聞こえる気がする。空気が冷たくて、息が白い。

秋の祭典は今日からだと言う。

王宮では乗馬大会や鹿狩り、夜には舞踏会《ぶとうかい》が催《もよお》され、明日の昼には神殿で女神コリアムの姿見せ、奉納舞《ほうのう》いが行われ、参加することの出来ない庶民《しょみん》達も歌い踊りながら街を練《ね》り歩く。山車《だ》に収穫《しゅうかく》をうず高く積んで豊作を感謝し、収穫の少ない年は自然山車も小さくなる。一番の見物は金を乗せた山車だ。もちろん本物を全て乗せたら重くて道が壊れてしまうし第一山車が動かない。だから同じ嵩《かさ》の椿《つばき》の枝を、金の鎖でくくって乗せるのだという。

祭りの説明をしてくれたのは看守《かんしゅ》で、温めなおした林檎《りんご》のパイを出してくれた。

そういえば、と宝珠はミナからもらった椿の枝を取り出す。

「あれ」

昨夜あれだけ瑞々《みずみず》しかった緑の葉がかさかさだ。指で触れると崩《くず》れた。

「……なんでだろう。やっぱ守ってくれてたのかな」

オニキスはどうだろうと思ったが、まだ眠っている気配だ。

朝食を食べ終わって、ごろごろする。オニキスに訊《き》いたらやっぱり椿《つばき》の葉は枯れているという。

「具合どう？」

「うん、別に」

「そっか」

壁越しに会話しながら、オニキスは手のひらで、サルドニュクスと名乗った魔族が置いていった物を転がす。

すっかり黒く変色した銀に、ルビーの嵌《は》まった耳飾り。

なんだか懐《なつ》かしい物のような気がする。

見ていると耳鳴りがして、鼻の奥がきな臭くなる。

泣きそうになっているのだと気がついたのは、実際涙が零《こぼ》れてからだった。

「やぁ、おはよう」

偉そうな声と、どやどやとした気配にオニキスは耳飾りをポケットに隠した。

「いい朝だ。姫君はご機嫌如何《いかが》かな？」

ムローの声だ。

「あたしお姫様じゃないよ？」

きょとんとした宝珠の声にオニキスはつい吹き出す。

「言葉の文《あや》だ冗談だ！　出ろ！　そっちのおまけもだ！」

鉄格子《てつごうし》の扉が開けられジールの兵士に引き出されながらオニキスは当惑する。

「え、な、なんで？」

ムローは廊下《ろうか》で腕を組んで、つん、と顎《あご》を上げて言った。

「シェルドベリデ陛下が、鹿狩りを異邦《いほう》の少女とその友人に是非《ぜひ》見せたいとさ」

第七章　余興

日が昇って祭りの一日目の始まりは、司祭の行列から始まる。

まだ秋の空気の冷たさが残る早朝、コバーリム神殿から王宮までの道を、顔の前に白い布を垂らして顔を隠した司祭と、祭司の一団が清めて歩く。

澄んだ青く高い秋空には、文字通り雲一つない。湖の底にでもいるような気になる。冷気に肌が少し痺《しび》れるようだが日中になれば暖かくなる。

街路《がいろ》や街の二階には色づいた楓《かえで》や紅葉《もみじ》が飾られ、薄い桃色の囲み線が入った、縦に長い薄い灰色の布が下げられている。水色のガラス製の小さな風鈴《ふうりん》もその前に。日が入って、灰色の布に水色の影が映るのが美しい。

一体誰がこの飾りの色彩を決めたのだか、まるきりこれは、湖に住まう小さな女神コリアムの姿を象徴《しょうちょう》している色彩だ。

秋の大祭が始まったのはもうずっと昔で、記録に残っていないほど古い催《もよお》しだ。そのころからこの飾りは連綿《れんめん》と受け継がれてきたし、財政に余裕《よゆう》のある家庭では風鈴を提《さ》げるのを金の鎖にするのも、祭りの終わりにはそれを取り合うという楽しみがあるのも、誰が言い出したか判らない。

それでも確かな事は、この祭りは天地の恵みに感謝し、人がただ人だけで生きているのではなく、何か大きな流れの一つであることを言葉ではなく理解するためのものであること、そして女神コリアムに感謝を捧げるためのものであることだ。

神器《しんき》を失ったために女神コリアムが人々の前に姿を現さなかった期間も、祭りは行われて来たし、戻ってからは祭りの熱はいや増して高い。

祭司が横に五人並び、その後に同じ隊列で何人も続く。

司祭が一人だけ列の前中央に立って、振り香炉《こうろ》を揺らしながらゆっくり歩いていく。その後に続く五人が、同じ高さの音の鈴《りん》を一歩ずつ鳴らす。道ばたにつけられた風鈴は、不揃《ふぞろ》いだから音がそれぞれ違う。その和音の中を突き通す、五つの鈴の一つの音。

街の人々は静まり返ってその行列を見送る。

二階の窓に座り込んで、あるいは屋根に上がって、道ばたに鈴《すず》なりになって。人数はいるが誰も喋《しゃべ》らず、たまに声をあげる子供たちは、傍にいる大人に優しくたしなめられる。

どこかで赤子《あかご》の、どこかそれでも落ち着いた泣き声がしている。

風の音と、風鈴の音、布がはためく音と飾りの木々が揺れる音。鈴の音と祭司達の足音、振り香炉《こうろ》の軋《きし》み。

爽《さわ》やかな秋の空、道に落ちる影は薄く、人々の沈黙は頭《こうべ》を垂れて敬虔《けいけん》だ。

祭司達の一団が通り過ぎると、ざわめきが静かに甦《よみがえ》り、母親達は特別な朝飯を作り、子供たちは一日の計画を練《ね》り、男達は祭りの段取りを語り合う。

「ねぇお母さん。あの、東から来たっていう獣《けもの》の耳の女の子さぁ」

窓も扉も開け放ったある家の一室で、叔母《おば》に祭りの衣装を着せて貰《もら》っている女の子が、台所の母親に言う。叔母が衣装の裾《すそ》をひっぱって言う。

「ちゃんと立ちなさいルーシー」

「はぁい。つかまっちゃったんだって」

「あらー。逃げきったら面白そうなのにねぇ」

けらけらと笑う母親に、叔母が言う。

「ねえさん、めったな事を」

「いいじゃない。別に。メイドリーン卿《きょう》の悪口言ってるわけでなし。あーでも、せっかく来たのにねぇ。東大陸から。ここのお祭り見てって欲しいねぇ」

「あ、ねぇ、それはそうよね。鹿狩りとかさ、陛下《へいか》、招待すればいいのにね」

けらけらと笑い合う二人の間に、その家の主人が戻ってくる。

「お前ら、なにを不遜《ふそん》な事言ってるんだ。今は政情も落ち着いてるからいいけど」

だったらいいじゃないと女二人に言われ、更に帰ってきた男の両親と近所のやもめが話に加わって、その家はいつも通り収拾《しゅうしゅう》がつかなくなっていく。

途中まで衣装を着せられたままの少女は、自分の頭の上になんとなく両手をかざして、耳の形を作る。

こんなかんじかな。どんななんだろうな。

どんなとこから来たのかな。

東大陸のひとは、どんな歌とか歌うのかな。


馬車の中で、びりびりとした振動と大きな音を宝珠《ほうじゅ》は聞く。

「うおっ何？」

小さな窓から空を見て、そこに灰色の煙が固まって浮かんでいるのを認める。

「え、えー、花火？」

オニキスもがたがたとそちらに寄る。

「ちょ、宝珠見せて」

「えーやだよ、あっちの窓行きなよ」

「っだよケチ」

「あ、また」

どん、どどんと音が連なる。

オニキスは反対側の窓に行き、ちょっと見てすぐ戻って来た。

「何よ」

「見えねぇんだむこう」

「しょうがないなー。はい交替《こうたい》」

「うおー」

馬車の中にはジールの兵士が三人一緒に乗っていて、視線を交わしあって苦笑する。

昼間の花火など、見ても面白くはないだろうに、それでも見たい時期は確かに自分達にもあったから思い出して苦笑する。

「兵隊さん達はコバーリムのお祭り見たことあるんですか？」

人なつっこく言う宝珠の質問に、兵士たちは答える。

「いや、ないな」

「ほんとは楽しみなんだ」

「ゆっくり見れたら最高なんだけどなぁ」

「見てけば？」

オニキスがあっさり言って兵士達が苦笑する。

「そうもいかんさ」

「お前は見てけよな。用があるのはそっちのお嬢《じょう》さんだけで、お前は目印だったから、お嬢さんを連行すればお前は解放だ」

「あのう……」

宝珠は不安になっておずおずと切り出す。

「あたし、何やったんでしょう」

言われて兵士達は困ったように顔を見合わせる。

「一度、クラスター殿下には会ったことはあるんですけど……」

「俺達は命令に従ってるだけだしなぁ……」

「でも、丁重《ていちょう》に扱えという命令だから……罪人というわけでは……」

判らないのか、と思って宝珠はうつむく。

でも、多分自分が何かをしたから、こんな風に扱われるんだ。

「おい」

オニキスの強い調子の言葉。

「え」

びくりと顔を上げる。

「そのクラスターってのに訊《き》いてみてから落ち込んでも遅くねぇんじゃねえの？」

宝珠は少し考えて、そうだね、と頷《うなず》こうとしたその矢先に、

「ったく、グズグズグズグズ」

と言われ、

「あんた一言多いよ」

と言い返した。

市街には近いが、やはり山中の一画。

自然のままのようで、ある程度の人の手が加わっているここは、王宮の狩り場である。

午前の鹿狩りは見事仕留めたということで、今はすこし早い昼食の時間だ。風に乗って、市街の祭りの音がする。

赤と一口に言っても一色《ひといろ》ではない。黄色とくくってみても、一色ではない。そこに常緑《じょうりょく》の緑や蔦《つた》の緑、木の幹の茶や、野草の花の青、こぼれ落ちる日の様子によっても色は変わる。この豪勢な錦《にしき》の有様こそがコバーリム秋の祭典の、諸外国の招待客への最大のもてなしだろうと、そんな話題で座の歓談は賑《にぎ》やかだ。

山中の切り開かれた広場に張られた金紐《きんひも》飾りのついた灰色と桃色の天蓋《てんがい》の下、豪奢《ごうしゃ》ではあるがそれなりに動きやすい格好の貴族や王族が、出された前菜《ぜんさい》を味わっている。

「しかしあれですな」

変なひげを生やしたレディ・ネックレス諸島の代表が、茸《きのこ》の料理を食べながら言う。

「遠方のジェムナスティの大使殿もいらしているというのに、隣国のジールの代表はこられないのですな」

誰もが思って口にしなかったことを話題に出されて、一同の間の空気が妙に凍《こお》ってから、微妙な笑いが漏《も》れた。

「ま、まぁうちはコバーリムとは、金を介《かい》してつきあいが深いですし、なにより私個人としても、この大祭を楽しみにしておりますからなぁ。なんと素晴らしいこの秋の香気《こうき》！　そして滋《じ》味《み》深い料理！　鹿はまだですかなぁ。おっと性急すぎますかハハハハ」

「そう、ジールと言えば」

声を潜《ひそ》めて話し出したのは、ランカイムという地域の代表だ。

「近頃の魔族騒ぎ、裏で糸を引いているのはジールだという噂《うわさ》もありましてね」

「ほほお」

「おや、そんな噂が」

各国の代表は、フォークとナイフを手にして身を乗り出す。

「本当だとしたらえらいことですな」

「全くです。怖ろしいことです」

ざわざわと波紋《はもん》の様にざわめきが広がり、卓上の雰囲気《ふんいき》が穏やかでなくなる。

シェルドベリデはどう諌《いさ》めようか言葉を選ぼうと考えたが、上手《うま》く見つからない。頼みの綱《つな》のロゼウスは、この席にはいない。

「まぁ、うちだという噂《うわさ》も出ているのですがね」

悠然《ゆうぜん》と、杯《さかずき》を片手に言ったのは、トードリアの丸眼鏡《まるめがね》の宰相《さいしょう》だった。

ぎくりと場が強《こわ》ばり、視線がライー一人に集まる。

ライーはにこりと笑い、それを機に代表達が笑う。

「フェレンナハイド様、またお人が悪い」

「そうです、お国がそんなことをするわけがないでしょう」

「魔族とつながりがあるだなど」

「全く馬鹿馬鹿しい」

ひとしきり笑いが盛り上がったところで、ライーは更に続けた。

「まぁ、いずれにしろ、政治の話題には向かないほどの清々《すがすが》しい天候ではないですか。ここは一つ、風景を愛《め》で、それに匹敵《ひってき》するお国の自慢などお聞かせいただけるとありがたいですな。ああ、この鮭《さけ》の酢漬《すづ》けは全くすばらしい」

シェルドベリデはこっそり安堵《あんど》の息を吐き、心中でライーに感謝した。

「ご歓談中失礼。どうやら我が国の話でもちきりのようですな」

不遜《ふそん》な言葉と態度で現れたのは、ジールの紺《こん》色の制服と紫のケープ、葉の形のブローチに藁《わら》色の髪の男。

座はまた不愉快なざわめきに満たされる。

「なんだ兵士風情《ふぜい》がこんなところに」

「なんだか偉そうだぞ」

そんなざわめきをききながらライーはナプキンで口元を拭《ぬぐ》い、ムローを見つめる。

サファイヤに聞いたとおり妙な違和感がある男だなという印象だ。これほど明るく清冽《せいれつ》な陽の下で見てもやはり思った。

「ムロー隊長」

言って思わず立ち上がったのはシェルドベリデだ。ひかえていた衛兵《えいへい》達が動く。

「おっと陛下、私は今回のことでお世話になったので、お礼をさせていただきたくやってきたのですよ。荒事《あらごと》は勘弁《かんべん》願います」

「礼？」

「ええ。ちょっとした余興《よきよう》を。宝珠さん？」

呼ばれて出てきたのは東方の長弓を手に持ち、青い絹《きぬ》の縁取《ふちど》りのある、黒地に竜の柄《つか》の刺繍《ししゆう》の短い上着に、黒地の下履《したば》き、流紋《りゆうもん》の浮かし織《お》りの青と黄色の腕当てと臑《すね》当て、矢筒《やづつ》を背負った宝珠だった。

長い黒髪は、耳のあるべき部分を覆《おお》い隠すように両側に一房《ひとふさ》ずつ、太く垂らされ、後は後ろでくくられていて、目元と唇に紅《べに》が差されていた。

けれどその紅で隠すほども出来ないほど、顔はこわばり、青ざめている。

幅広の強い生地《きじ》の布で頭周りを縛《しば》っているから、それに隠れて耳は見えない。

「……黎《れい》宝珠と申します」

ムローはにたにたと笑って悠然《ゆうぜん》と言う。

「余興《よきよう》は、遠当てでございます。的《まと》は、あちらに」

広く間隔《かんかく》の開いた木立の向こう。

そこにジール兵を両側に置いたオニキスが、真っ赤に色づいた紅葉《もみじ》の大木を背にして立っていた。

時間は少し戻る。

狩り場に着いた二人の前に、二人の男とミナが現れた。

狩り場の隅《すみ》に建てられた木造の小屋の中にオニキスと宝珠とムローを呼び込んで、立派な服を着た黒髪の男は、白髪の男に命じて長細い箱をテーブルの上に置かせた。

「せっかくの東大陸の方ですからね。お訊《き》きしたいことが」

「……一応虜囚《りよしゆう》なのですがね、メイドリーン卿《きよう》？」

苦々しくムローが言うのにロゼウスが答える。

「咎人《とがにん》の扱いでもないようですし、この程度はお許し下さい。なにしろ東大陸のお客様は稀《まれ》なのですから」

そしてロゼウスは布に包まれた、赤く艶光《つやびか》りし、練り金《きん》で流紋《りゆうもん》の柄《つか》が描かれた、弓弦《ゆづる》を外された美しい弓をとりだした。

「わぁ。綺麗《きれい》」

宝珠が目を輝かせて言い、オニキスも覗《のぞ》き込んで溜息《ためいき》を吐いた。

「……なんかすげぇ……東大陸ってこんなすげぇもん作るの？」

溜息と共にオニキスが言い、視線を奪われる。握り手の部分に巻かれた紫の紐《ひも》も美しいし、西大陸では見たことのない色づかいと技巧《ぎこう》の逸品《いつぴん》だ。

「何度か使ってみようとしたのですが、うまくいかなくて。どうもこちらの弓とは作法《さほう》が違うようなのです。引けますか？　宝珠さん」

「でもこれ、装飾用だと思います。実用には向かないです」

弓なら使ったことはある。山の中での狩りも、宝珠の仕事の一つだった。勿論《もちろん》こんな長い弓は狩りには邪魔《じやま》だからもっと短い、この半分くらいの長さの弓を使う。それにはもちろんこんな朱色の塗料など塗っていないし、ましてや金の柄など。

「……引いたら、塗りが剝《は》げるんじゃないでしょうか」

「いやもう何度か引いてしまっていますし。芸術的な美しさもそうなのですが、実用度の考察も是非《ぜひ》とも必要なのです。同じものを作って、試してみたりはしているのですが」

「……うーん、でしたらそっちの弓を」

ロゼウスはテーブルに手をついてにやりと笑う。

「せっかくの御前なのですから」

宝珠は困って変な笑いを浮かべる。

「は、外したらかっこ悪いな……」

「的《まと》については僕に提案があるんだけどどうかな？」

胸元に指を立てて手を着いて、傲然《ごうぜん》と顎《あご》を上げてムローは言う。

宝珠は嫌な予感がして、眉《まゆ》をひそめて不機嫌に言い放つ。

「いいよそんなの適当で」

「そうはいかないなにしろ秋の祭典だ。その余興《よきょう》ともあれば相応《ふさわ》しいお膳立《ぜんだ》てが必要だろう？」

「ムロー殿」

ロゼウスの諫《いさ》める調子の言葉を聞き流して、ムローは続ける。

「的は彼なんかどうかな」

言ってムローはオニキスの肩に手を置いた。

一瞬その場にいる全員が息を呑《の》む。

「な、何言ってるのよ！」

宝珠の頭に血が上る。

「何、勿論《もちろん》彼本体じゃないよ。的を持って貰《もら》うか、頭に乗せるか。そうだそれがいい。林檎《りんご》でも射抜《いぬ》いて貰うか」

「ふざけないで！　失敗したらオニキス死ぬじゃない！」

口に出してぞわりとした。肩口に鳥肌が立った。なんだか足下《あしもと》がなくなるような感じがした。

「いいぜ。別に俺」

オニキスがあっさり言う。

あんまりあっさりしていたので、一同はあっけに取られる。気を取り直してムローが何かを言おうとしたが、それより早く宝珠の怒鳴り声が部屋に満ちる。

「あんたバカじゃないの!?」

あまりに声が大きかったもので、思わずロゼウスは耳を押さえた。

オニキスも耳を押さえたが、平然と憎まれ口を叩く。

「うっわ耳痛《い》てー。おっ前よく出るよそんな声」

「出させてんのあんたじゃない！　あたし自信ないんだからね！　こんな初めて持つ弓で！」

「こう見えてもあたしけっこうやるのよとかゆってたじゃん」

耳に小指を突っ込んでほじりながら顎《あご》を横にずらしてオニキスは言い、宝珠はオニキスの襟《えり》首《くび》をひっつかむ。

「それは見てくれより多少は、って意味よ！　すっごい強いとか思ってないわよ！」

「あーうんまーそらそーかなー。でもまーいいじゃん」

「オニキス、あなたちょっと」

ミナが少し怒ったように言う。

「例の件の時も思いましたけどね、どうして自分を大事にしないの？　ご両親が悲しむし、あたくしもそういう子は嫌いでしてよ」

「いや、別に大事にしてないわけじゃなくて……」

なんでこんなに怒られなければいけないのかわからなくて、オニキスは少し気分がくさる。

記憶を売った件は記憶がないから判らないが、なぜそうしたのかは自分の思考だから大体判る。

大事にしてないわけじゃなかった。

とても大事だった。

だけど。

「だって、宝珠は俺を傷つけたりしねえもん」

信じてるし別にそんなの。

と言葉を出すのも不自然に思えたから言わなかったし、ひとつも不安はなかったから言わなかった。

「オニキス様」

口を開いたのはセリだった。重い声の響きだった。

「その者の技量を知らず、命を預けるのは、愚《おろ》か者の所行《しょぎょう》ですよ」

「うんでも、怪我《けが》したら医者にかかるだろう。藪《やぶ》か名医かわかんなくてもさ。それと一緒な感じ？」

「全ッ然違うわよそんなの」

額を合わせそうな勢いで青筋を浮かべた宝珠につめよられて、オニキスは鼻白《はなじろ》む。

「ちょっと手元が狂ったら、あたしあんた殺しちゃうかもしんないのよ」

自分で言って、その言葉の重みに怖気《おぞけ》が走る。

そんなのは嫌だ。

絶対に嫌だ。

「何だ残念だなぁ。面白そうだと思ったのに」

ムローがそう言って、宝珠は火の出そうな視線で睨《にら》み付ける。心底腹が立った。

「いや、やるよ俺」

オニキスがあっさり言った。

何か言うより先に手が出た。

ばしりと受け止められてもっと腹が立った。

「でも、俺は命懸《か》けるんだから取り引きだ」

オニキスはにたりと笑ってムローに言った。

「と、取り引き？」

「宝珠が矢を的《まと》に当てたら、宝珠と俺が逃げても絶対追うな」

ムローはあっけに取られて口を開ける。

「お、お前何言って」

「っと怖《お》じけるなよな。言い出したのはお前だぞ。俺は命懸けるって言ってンだ、お前は精々命令懸けろよ」

オニキスの榛《はしばみ》色の瞳の奥が、なんだか光るように輝いている。宝珠はそれを見て、いつかこんな目を見たことがあると思った。

そうだロードリーニと話をしたとき。

そういえばムローも魔族だ。

魔族は人間よりも公平だ。言葉と名前に縛《しば》られる。

「なぁ、ムロー。このオニキスが、申し出てるんだ。最初に命を懸けさせたのはお前だぜ？」

ムローはその言葉とオニキスの瞳に、強い圧迫感を感じる。それから逃れるために、言った。

「わ、わかった」

オニキスは一転にこりと笑うと、

「ん、成立な。よろしく」

と言って空《あ》いている方の手でムローの手をとって強引に握手をした。

その隙《すき》に宝珠は、オニキスに止められているのと逆の手で、思い切りオニキスの頰《ほお》を叩いた。

景気のいい音が室内に響く。

バランスを崩《くず》して思わずムローにつかまり、二人ともがぎゃぁとか言いながら立て直せずに床にころがる。

「な、何すんだよバカ！」

頰を押さえてオニキスは言ったが、全身から怒りのだろう熱気を立ち上らせて、拳を作って黙って睨《にら》みつけている宝珠の目を見て、こそこそとムローと一緒に外に出た。

出るときロゼウスがぼそりと、

「当たり前だ。だが同情するよ」

と小さく言ったのが聞こえた。

第八章　的当て

むかむかしながら宝珠《ほうじゅ》は箱の中に弓と一緒に収められていた弓弦《ゆづる》を取りだし、引き出して状態を確かめる。これにセリが用意していた松脂《まつやに》を塗る。

「その弓弦の材質はなんですか？　動物の腱《けん》に似ているけれど」

ロゼウスが身を乗り出して訊《き》いてくるのに、宝珠は弓弦を張りながら答えた。

「鯨《くじら》の肉の筋《すじ》です」

「ほお。鯨髭はご婦人のパニエなどに使いますが、肉の筋とは」

セリも感心しきりで覗《のぞ》き込む。

「麻《あさ》とかも使いますけど、毒抜きが大変なので、普通は藤《ふじ》で張ります」

答えながら宝珠は依然《いぜん》むかついていた。オニキスのバカ。もうどうなったって……。

上の弦輪《つるわ》に弓弦を通し、その部分を壁に預けて弓弦を軽く引く。

引いているうちに思い出す。何人目の父親だったか。それとも父親の一団の誰かだったのか。

弓弦《ゆづる》を張るときは、とにかくそっと、ゆっくりだ。静かにやるんだ。乱れた気持ちでやると、弓弦が言うことを聞いてくれなくなる。わがままな弓になる。どうか、よい道具として仕立て上がって下さいと、心底お願いするように、祈るくらいの気持ちで。

なめらかで強い鯨《くじら》の筋《すじ》の感触。

指で触れていると、気持ちが平らかになる。

そうだ、怒っている場合じゃない。

獲物《えもの》を仕留めるために、弓弦を張っているんだ。

苦しがらせず、血肉をいただくために、弓弦を張っているんだ。

獲物は林檎《りんご》。

林檎を一つだ。


「で、聞きたいことあんだけどよう」

まるで長年の友達ででもあるような口調で、オニキスはムローに語りかける。黄色に色づいた銀杏《いちょう》の木の下だ。昇った太陽の光が降り注ぎ、木の葉を通して落ちてくる。地面は玄妙《げんみょう》な織物のようだ。

「なんだおまえ馴《な》れ馴《な》れしい」

ムローは当惑して無意識に後じさった。魔族はお互いにあまり興味をしめさず、距離を保ったつきあいをする。

「いや答えろよ。クラスター王子だっけ？　そいつ宝珠連れてって何する気なの？」

「さあ、知らないなぁ。人の心はこの秋の空のように移ろいやすいものさ」

「知った風な口利《き》くな魔族のくせに」

ムローは焦《あせ》ってオニキスの口をふさぐ。

「一応秘密なんだわきまえたまえ」

オニキスは口を押さえられたまま視線を横に流す。

「なんだいその顔は？」

ムローは言って手を放す。

「言ったって誰も信用しねえよ」

「え、え？　そうなのか？」

「人間てのは、魔族のことはなんにも知らねぇからな」

ムローはにやりと笑う。

「そうだろうな。何しろ魔族は神秘の匂《にお》いが溢《あふ》れているからハハハハ」

「そーいや魔王ってどんなの？」

唐突な質問に、ムローはオニキスを凝視《ぎょうし》して低い声で言う。

「魔王様と呼べ」

「サルドニュクス？」

ムローは目を瞠《みは》って黙り込む。

風が渡って、銀杏《いちょう》の金色の厚い葉が、ばたばたと落ちてくる。

「……その名は知らない」

風にオニキスの金色の髪が揺れる。光に当たって透き通る。

「そんな魔族は聞いたこともない」

オニキスは銀杏の幹に肘《ひじ》をつくと、髪を掻《か》き上げて顎《あご》を上げてムローを凝視した。

「……魔族は嘘《うそ》を？」

「嘘は人間の特性だ」

「だよなぁ」

オニキスはムローを見て考える。ごまかしているようには見えない。

ならばあのサルドニュクスという魔族は魔王ではないのだ。

十六翼《じゅうろくよく》真《しん》の黒色《こくしょく》。

その魔王の異名《いみょう》から、昨日見たあれがそうなのではないかとオニキスは思っていたが。ムローが知らないのならば違うのだろう。

確かに羽根がちゃんと十六枚あったかどうか確かめていないけれど、あんまり真っ黒だったのでそうかと思った。

うつむいて考え込むオニキスにムローが言う。

「……会ったのか？　そう名乗る魔族に」

うつむいたままオニキスは答える。

「うん」

「どんな？」

「うん教えない」

「人間はこれだから嫌なんだ！」

オニキスは視線を上げてにやりと微笑《ほほえ》む。

「そのわりにお前、かなり人間ぽいけど？」

言われてムローはかなり満悦《まんえつ》の表情をした。

「そうだろうな。努力しているからな」

「なんで」

「教えない」

むっと黙り込んだオニキスに、ムローは流し目で笑う。

「人間ぽいだろう？　僕は努力家なんだ」

弓と一緒に進呈されたのだという東大陸の衣装。

豪勢なその衣装も、東大陸で普通に着ていた服と、理屈は一緒だ。宝珠自身はこんなよい服を着たことはなかったが、姉や妹たちに着せたことは何度もあるから、着方には別段迷わなかった。

「ああ、ああ、なるほど」

言いながらミナが帳面にさらさらと略図を描いていく。

「よければ、あとで着せましょうかミナさん」

帯を締めながら言った宝珠に、ノートから目を離さずにミナは言った。

「嬉《うれ》しいけれどやめておくわ」

「え」

「そんな暇《ひま》はないと思うから。あなた逃げなくちゃいけないでしょう」

ミナは黒い瞳だけを上げて、口元を笑みの形にする。

「どうせなら市街に逃げなさい。人混みで混乱してるから。あなた達の荷物は、金の山車《だし》の中に隠してあるから」

宝珠はぐっと口元を引き締める。

そうだ。逃げなくちゃいけない。

自分の力でトードリアに行くんだ。そう決めた。

……もし、自分がジールにこのまま、捕らえられたまま行くと言えば、多分面倒な事はないのだ。この人達に迷惑を掛けることも、オニキスが命を懸《か》けることもなくなる。

でも何故《なぜ》だろう。

誰一人として、そうしなさいと言う人はいないのだ。

あの、黒髪の王様。まだ十八だという王様。

「でも案外王としての経歴は浅くないんだよ。十の時に戴冠《たいかん》したから」

そう言って彼は牢屋《ろうや》の通路にクッションだけ敷いて座って笑っていた。

「ここは案外嫌いじゃなくてね。もう我が国では斬首刑《ざんしゅけい》もめったには行われないし。看守《かんしゅ》が清潔好きで料理がうまいし、ここでは僕は王様でなくてもいいし」

宝珠も夜具《やぐ》を引きずって来て尻に敷いて話をしていた。疑問に思って訊《き》いた。

「王様、しんどいですか？」

にこりと笑ってシェルドベリデは言った。

「うんしんどいねぇ。時々やめたくなるよ」

「……あたし、王様とかって、綺麗《きれい》な服着て働かずに美味《おい》しいもの食べてる人だと思ってた」

それを聞いてミナは吹きだした。看守にもってきて貰《もら》った机と椅子《いす》で書き物をしていたので、少し字が変になった。

「あはは、そこまでしんどくはないかな」

シェルドベリデがそう言って笑い、意味が分からなくて宝珠はきょとんとする。

「え、え？」

「貴族の中には確かにそういう人もいるけれどね。生憎《あいにく》私は冒険心が豊かなんだ。なにもしないのはつまらないだろう。あ、誤解しないでくれたまえ。貧乏が好きな訳じゃないし、幾度かお話しさせていただいたトードリアの女王陛下ほどには、民《たみ》の事を思っているわけではない。ただ、色々やって、上手《うま》くいかなかったり上手くいったりするのは楽しいじゃないか。それが、盤上《ばんじょう》のゲームや儀式的な試合に収まらないというのがまた、楽しい」

「かかっているのは民の生活と国家の存亡《そんぼう》であるというのをお忘れなく」

ペン先を拭《ふ》きながらミナが冷静に言う。

「とか言って諫《いさ》めてくれる臣下もいるわけでね。僕はなかなか恵まれているんじゃないかな」

そう言ってシェルドベリデは笑い、オニキスは眠りこけ、看守《かんしゅ》はシフォンケーキを焼いていた。

あの王様だって、君さえ大人しくジールに捕まってくれれば、など言わなかった。

ただ、

「色々聞かせて貰《もら》ってありがとう。ほんとはもっと話を聞きたいんだけれどな。君はどこへ行くの？」

　と訊《き》いてきた。

「トードリアへ行きます」

「僕、力添えが出来ると思うよ。トードリアの人も来てるし」

「あ、でも……ご迷惑になるとあれだし。それに」

　心の中に甦《よみがえ》る。

　言われてないけど言われた気のする、リターフの言葉。

　いろんなところへ行ってきて……

「……いろんなものが見たいから」

　宝珠の頰《ほお》は自然とゆるむ。

　どうしてリターフのことを思うと、心がこんなに嬉《うれ》しくなるんだろう。

「じゃぁ、用事の帰りには、きっとここへ戻ってきてくれ。約束だ」

「すみません。ありがとうございます」

「謝《あやま》ることはないし、実は、あっちの彼」

　とシェルドベリデは静かになった牢《ろう》を指差す。

「の、ご両親には、ミナと、メイドリーン卿《きょう》が大変世話になったのでね。僕が出来ることがあったらしたいのさ。でも国と引き替えにするわけにはいかないから、黙認《もくにん》する程度のことしかできないけどね」

ありがとうございます、と言おうとした宝珠の先《せん》を取って、シェルドベリデは吹きだした。

「そうだいいことを教えてあげる」

「え、なんですか？」

「あっちの彼といるときにね、この人はダイヤモンド伯爵《はくしゃく》の息子だって言ってご覧。うちの国のなかでなら、けっこうな効力を発揮《はっき》するはずさ」

どうしてなのかは聞けなかった。そんな時間はなかったから。

この衣装は男物で、はっきり言ってぶかぶかだ。あっちこっち折って、ようやく収まる。本来腰丈《こしたけ》のだろう上着は膝《ひざ》の上まで来ている。

帯をきつめに縛《しば》って息を吐く。

「ミナさん。紅《べに》があったら貸して下さい」

林檎《りんご》を一つ狩って。

逃げて。

そしてトードリアに行く。

化粧《けしょう》には精神的な効果があって、それは昂揚《こうよう》したり、集中したりだ。

宝珠の父親達の中にも何人か、仕事場に赴《おもむ》くときに化粧する者たちがいた。紅を引くものもいたし、顔料《がんりょう》で顔に渦《うず》を描くものもいた。

馬鹿馬鹿しいと思ったが、今はなんにでもあやかりたい気分だった。

オニキスは引き立てられるときに、耳にあのくすんだ銀とルビーの耳飾りをした。

「なにか、おまじないか？」

兵士に訊《き》かれ、

「まあね」

と頷《うなず》いた。

不安な気はしていなかった。つけたのはなんとなくだ。

熱風荒野《ねっぷうこうや》で宝珠が死んで、一人きりになるかも、と思ったときの方が怖かった。

招待客達の天幕の横で、にやにや笑っているムローに、枯葉《かれは》を踏んでロゼウスは言う。

「隊長殿、ずいぶんとご機嫌ですな」

「ええ。それはもう。素晴らしい余興《よきょう》ではありませんか」

「しかし、あれでしょう」

ロゼウスは、ムローの肩にぽんと手を掛けて引き寄せた。

ムローはざわりとする。

先刻の金髪《きんぱつ》の子供といいこいつといい、なんでこう馴《な》れ馴《な》れしいんだ。

クラスターはこんなことはしない。あいつのやることは大概《たいがい》読める。美味《おい》しいご馳走《ちそう》だ。だがこいつらはなんだか変だ。妙に強引な支配力を感じる。

「な、ななななななんですかなメイドリーン卿《きよう》」

視線をやると、黒髪の整った顔が間近にある。得体の知れない笑みを湛《たた》えている。妙な迫力がある。人間の形なんかに魔力を使っていなければ、こいつが放つ精気を吸えるのに、と思うと少し残念だったが、自分が人間のように感情が動くのも少し不思議な気がした。

不思議な気がしたが愉快ではなかった。はっきり言って不愉快だった。

「余興《よきよう》が一つというのもいかにも物足りない。如何《いかが》です？　私と」

「え？　な、なにを」

けれどロゼウスは答えず、ムローの肩を一つ叩いて離れて行った。

「少々用意を」

なんだかわからないままムローはその場で立ちすくむ。

宝珠は弓を抱え、東大陸の服を着て、居並ぶ客達にさらりと頭を下げた。

西大陸の偉い人たちに、自分が育ってきたところのものを使うところを見て貰《もら》うのは、誇らしさと照れくささが入り交じるようだったが、そんな気分はほんのわずかだ。

林檎《りんご》を一つ。

これは狩りだ。

弓の作法《さほう》なんかは知らないが、獣《けもの》の命を奪ったことはある。殺すのは嫌だが、肉は好きだ。だから命を奪うのだ。その獣が生きるはずだった時間まで貰うから、できるだけ苦痛は感じさせないように。身体の部位の全てを使わせて貰うのだ。

それを思えば自然と心が静かになる。

あたふたした腰抜けに殺されては、その命が可哀想《かわいそう》だ。

日が燦々《さんさん》と降り注ぐ秋の森。

人の手が入って整えられた雑木林《ぞうきばやし》。

自然そのままでは、人は入り込めない。山を歩いてきた宝珠は知っている。自然は怖ろしい。同時に恵みも与えてくれて、そしてこんなに美しい。

紅葉《もみじ》の色は日に透けて輝くような赤だ。芝生《しばふ》の緑と相まって、秋の昼間の芸術だ。

その中に立つ、漆《うるし》の弓と、青の絹《きぬ》の衣装の宝珠は妖精かちょっとした神様のようだな、とシエルドベリデは思った。

ライーは国に帰ったら、この光景のことをリブロとベルに話そうと思う。

黒い長い髪が、風に少し揺れる。

矢を番《つが》える。

ふうっと息が漏《も》れるような気配がして、腰が据《す》わった。

顔がオニキスに向けられて、弓が円を描くように上げられる。

番えた矢が水平なまま、すい、と上がり、口の横で引かれて止まる。

弓は大きくたわみ、弓弦《ゆづる》は角度を保った直線になる。

オニキスは頭に林檎《りんご》を乗せたまま動かない。

誰も口を利《き》かない。

風だけが静かに渡って、枯葉《かれは》がさざめき、そして芝の上に落ちていく。

芝の斜面には雲の影が薄くあって、ゆっくりと移動していた。

オニキスは宝珠の顔を見ていた。

黒い瞳が瞬きもしない。

太陽を孕《はら》んだ夜のように輝いている。

息をしていないのかと思う。微動《びどう》だにしない。

そんなに弱い弓でもなさそうなのに、弓を引いたままこらえるのはしんどいだろうに、まだ矢を放たない。

放ってしまえば楽だろうに放たない。

宝珠は思い返していた。

あの、小柄《こづか》投げの大道芸人《だいどうげいにん》。

目標が止まって見えるまで練習しな。

練習は出来なかった。試射はしたが、そんなのは彼の言う練習じゃない。彼の言う練習は、細胞の奥にしみこむような鍛錬《たんれん》だ。

目標は止まっている。

林檎。

まだ青さの残る林檎。

オニキスに当てないように。

そんなことは忘れろ。

林檎を仕留めるんだ。

林檎の命を頂戴《ちょうだい》する。

林檎。

表面に少し粒状《つぶじょう》の模様のある、磨《みが》かれた林檎。

種のための果実。

それを。

ふと、頭の中が空《から》になる。

自分が秋そのものになった気がした。

種のための果実に。

突然わぁっと歓声が聞こえた。

その声に気がつくと、オニキスが悠然《ゆうぜん》と歩き寄って来るところだった。足下《あしもと》の枯葉《かれは》をかさかさ蹴《け》立《た》てて子供のようだ。

「ああもう、頭が林檎《りんご》くせえのなんのって」

紅葉《もみじ》の幹を見ると、矢が突き立って、地面に砕《くだ》けた林檎が落ちている。

オニキスの金色の髪が日に当たって輝く。なんて綺麗《きれい》なんだろうと思ったら、力が抜けて倒れそうになった。

オニキスは宝珠をいきなり抱き上げると、駆け出した。

「えっ？」

宝珠は反射的にオニキスに抱きついたが、オニキスは藪《やぶ》めがけて全力で走る。

「ムロー！　賭《か》けは俺の勝ちだ！　じゃな！」

「くそ！」

ムローはそう叫び、兵士達は慌《あわ》てて追いかけた。だがムロー本人にはロゼウスが何かを投げ

渡す。ついそれを受け取ってしまって気がつく。剣だ。

「さぁ、次なる余興《よきょう》ですよ」

「な、何!?」

狼狽《ろうばい》している間にロゼウスはすらりと剣を抜いた。

「安心なさい刃《やいば》は潰《つぶ》してありますから。あなたも武《ぶ》の大国ジールの隊長でいらっしゃるからには、相当腕に覚えもおありでしょうし」

「こんなことしなくとも、僕自身は追いかけられないんだ」

歯ぎしりをするように低くムローは言う。

「……どうして?」

きょとんとした表情のロゼウスに、ムローは剣を抜いて躍りかかる。

「賭《か》けに負けたからさ!」

がきんと音がして、剣が打ち合った。

「やぁ、今年の大祭の演《だ》し物《もの》はなかなかですなぁ」

などとどこかの大臣が言っていて、シェルドベリデは微笑《ほほえ》む。

「喜んでいただけてなによりです」

こういうの、棚《たな》からなんとかっていうんだよなと思いつつ、若い王は得したなぁと心底思った。

ライーはムローとロゼウスの戦いをみながらぼんやり思った。

オニキスが逃げるから手伝え、狩り場はここで、木蓮《もくれん》の紋《もん》を渡しておくからとサファイヤに言ったのに、まだ来ない。もう来ても遅い。

なにやってるのかなあ。

また道に迷ってるんじゃないだろうなあ。

第九章　再び、ラボトローム市街

藪《やぶ》の中に隠れて一度追っ手をやりすごす。ジール兵が通り過ぎてからオニキスは宝珠《ほうじゅ》に言った。

「おい行くぞ、て、お前何してんだ！」

言ってオニキスは一度宝珠に向けた視線を真っ赤になって引き剝《は》がした。

「だってもらってくわけには」

言いながら宝珠は衣装を脱ごうとしていた。時間のかかる帯を外さずに脱ごうとしたから、細い白い肩が片方むきだしになっていた。

「荷物取り戻してから誰かに言付《ことづ》けて返したっていいだろう⁉　スッぱだかで逃げる気か馬鹿！」

「下着てるもん！」

「そゆ問題じゃねぇ！」

「だって」

「いいから来い！」

とオニキスは強引に服を着せ直し、宝珠の手を摑《つか》んで駆け出した。


「なんでこんなことになるんだ？」

サファイヤは、ライーに貰《もら》った地図を眺めて汗を垂らす。

「はい林檎《りんご》のジュース。これくらいはおごってやるよ」

言って陶器《とうき》のコップに入ったジュースを持ってきたのは、昨夜雇《やと》った魔法使いだった。

このあたりはまだ山車《だし》がこないと見えて、人の行き来も他よりは少ない。高く昇った日に、ガラスの風鈴《ふうりん》が照《は》り映える。人々のざわめきと、囃子《はやし》や太鼓《たいこ》の音が遠く聞こえる。

喉《のど》が渇《かわ》いていたから一気に飲んで、甘さに余計喉が渇く気になる。でも礼は言う。

「おいしかった。ありがとう」

「いえいえ」

と男はサファイヤに言って、屋台に戻った。

「うまかったわ。ありがとよ」

魔法使いは屋台の上にコップを置く。店番をしていたのはサファイヤとさほど違わないくらいの男の子で言われてにっこり笑った。

「だろ?」

「お前、祭り見にいかねえの?」

「行くも何もここで商売してりゃ来るもん。向こうから。ハハハハ、贅沢《ぜいたく》なもんさ」

「そうか。ところで王宮の狩り場ってどこだ?」

「あっち」

と男の子は親指で方向を示した。行こうとしていた方向ではない。

「ありがとう」

言って魔法使いは銅貨を一枚置いた。

「案内の礼。安いけど」

男の子はにこりと笑う。

「いらねぇ。バカにすんな。今年の西風ドレス店の金鎖《きんぐさり》は俺のもんなんだからな」

「じゃ尚更《なおさら》だ。ご祝儀《しゅうぎ》さ」

「ならもらっとく。ありがとよ。はいいらっしゃい! ジュースにしますか? 剝《む》いたの食べますか?」

あっという間に男の子は新しい客に向かい、銅貨はポケットにしまわれた。

「おいサファイヤ。あっちだってよ」

魔法使いはサファイヤの襟首《えりくび》を摑《つか》むとずるずる引っ張って歩き出す。サファイヤはそれでも地図を見ながら変だー変だーと唸《うな》っている。

「ああ、でも」

突然サファイヤは諦《あきら》めたように地図をしまって溜息《ためいき》を吐く。

「もう遅いのかも知れない」

「ンじゃやめる？」

言って魔法使いは手を放す。身体《からだ》が斜めになっていたサファイヤは、道に尻餅《しりもち》をついた。

「ッだっ」

いつまでも座っていては通行人に蹴《け》られそうだったので立ち上がって尻をさする。

「乱暴だな！」

「そーかなー」

悪びれた風もなく、魔法使いは言う。

「でどーすんの。俺は雇《やと》われだから、言うとおりにするけど」

「そーだなあ……」

言ってサファイヤは雇われの魔法使いを見上げる。

随分《ずいぶん》若いような、そうでもないような。

若い人間特有の神経質さがなく、どっしり落ち着いていてよく笑う。百戦錬磨《れんま》の経験の豊富さも感じるが、一貫《いっかん》して感じるのは軽妙さだった。魔法の腕前はまだ見せて貰《もら》っていないのでわからないが、少なくともこすからい犯罪には手をそめず、約束は守る男だろうなと感じた。

夜、宿屋に送って行ってもらって、朝待ち合わせた。

そのとき男の顔を見たら、なんでだか少し涙が出た。

飾られて清められた道が、あんまり綺麗《きれい》だったからかも知れないし、男が約束を守って来てくれて、微笑《ほほえ》んでいたからかも知れない。

これ以上ないくらい晴れ渡った秋の空の匂《にお》い。

胸の中に一杯になる少し冷たい日向《ひなた》の空気。

それに押されて涙が出たのかもしれない。

「おいサファイヤ。なんか、いきなり混んで来ねえ?」

はっと気がついたら確かに、いつの間にか通りには人が増えてきて、整備役が、道の端に縄《なわ》を張りだした。

たまたまその縄の最前列にいた二人は、ぎゅうぎゅうとつめられてきて身動きがとれなくなる。

「ちょっと……何これ」

冷や汗をかくサファイヤに、縄を張っていた整備役が言う。

「何って。今から金の山車《だし》がくるんだよ」

「金？」

「本物じゃないけどねもちろん。それにさほど多くはないんだけどね。ハハハハ」

「そんでも、コバーリムの金は上質だって、うお、評判だぜ」

魔法使いは後ろから押されてすこしつんのめる。

困ったような笑顔で、整備役に言う。

「ぬ、抜けられねぇかなぁ」

整備役も笑う。

「無理だねぇ。てかなんでだい。特等席じゃん見てけよ」

「ほ、他に用事がな」

縄を摑《つか》んでサファイヤは息を吐く。

「……まぁ、めったにどーにかなるような奴でもないから……多分どーにかなるんだろうけど」

そして眼鏡《めがね》を光らせて魔法使いに言った。

「まーなりゆきでこうなったのも何かの運命でしょう。見ていきますか」

「……だな」

苦笑して言われたその言葉に、サファイヤは違和感を覚える。なんだか、雇《やと》われ人という感じではない。

「あの、僕、実は昔の記憶がないんですけどどこかで」

「実は俺はお前の父だ」

「いいですもう」

ぷい、とサファイヤは魔法使いと反対方向を向く。やっぱりふざけた奴だ。

囃子《はやし》の音が近づいてくる。笛と太鼓《たいこ》と子供の声の歌。

歌はもうずっと祭りの度《たび》に歌われている歌で、歌詞はない。母音《ぼいん》の連なりの、軽快な調子だ。太鼓を首から下げ、組に分かれて金色と赤と緑と茶色の祭り装束《しようぞく》をつけた子供たちが、半回転と跳躍《ちようやく》を繰り返しながらのステップで、道を歩いてくる。笛の一団はその後から、笛を吹き続ける。誰もが頭に赤い楓《かえで》と、緑の椿《つばき》を一枝ずつつけている。衣装のそこここには造花の椿がつけられていた。

首から背中に流された、色とりどりの長い帯状の、表と裏がまるで違う色の布が、跳躍の度に翻《ひるがえ》る。踊り手の子供たちは男も女も化粧《けしよう》を施《ほどこ》されていて、まるで秋の八重咲《やえざ》きの丸い薔薇《ばら》みたいだ。

一連の踊りの合間に、全員が動きを止め、ばちや笛を高く掲げて、

「イーアー・イーアライ!」

と高く叫ぶ。

やがて観客もその叫びに同調し、整備係の縄を越えて踊りの輪に加わる者も出てくる。そうやって行列はふくれあがっていくのだ。

けれどサファイヤは祭りを楽しむ気にはなれない。

オニキスはどうしただろう。

まさか大けがを負ったりはしてないだろうな。

出来るはずの事が出来なかった。

そのことで傷つく。

「ちょ、ごめんよ」

男の声がして押しのけられた。

もうたまらないと言った様子で、普通の服の男が踊りの輪に加わる。

「イーアー・イーアライ！」

と、囃《はや》し声が、大きくなり高くなる。

踊り手の女の子が、太鼓を叩き、複雑なステップを踏んで、跳躍の間に、サファイヤと目が合ってふわりと微笑《ほほえ》む。

コバーリム人特有の鳶《とび》色の瞳。燦々《さんさん》と降る太陽の光に透明に輝く。

サファイヤは見とれて頰《ほお》が赤くなる。靴《くつ》のビーズの刺繡《ししゅう》が光る。そのモチーフも椿だ。

踊りと囃子が進んで、山車《だし》の引き手の群れになる。黄色と赤の布縄を編んだ山車の縄。それをひっぱる男達。

桃色と水色、流紋《りゅうもん》が描かれ、寄贈《きぞう》された女物の装身具に飾り立てされた山車《だし》に、みずみずしい椿《つばき》の葉が山になって積まれ、それは金の鎖でくくりつけられている。

晴れ渡った秋の日差しに、椿の輝く緑と、照り映《は》える金の色。

それは今年の産金の量を示すという。

「ああ、今年はいっぱい採《と》れたんだねぇ。どうりで景気もよかったはずだよ」

「コリアム様がおられない間はこの山車もからっぽで、そりゃ寂しかったもんだが」

婦人達が言い合うのが、後ろから聞こえてくる。

こんなに採れるものなのかな。祭りだから多少色を付けて乗せてるんだろうけどなと思いながらサファイヤは山車を見上げる。

山車には今年一番若い巫女《みこ》が、盛装《せいそう》をして乗る決まりだ。

頭巾《ずきん》を被《かぶ》り、金の前垂れをつけて、目にしみるような真っ赤な実をつけた、ねじれた枝の七《なな》竈《かまど》を持って、十になるかならないかの娘がすわっている。

「……何で七竈？」

サファイヤの問いに魔法使いが答える。

「神様だけいるのはバランス悪いって考えだ」

「なるほど」

わぁわぁと混乱の声がした。誰かが後ろからえらい勢いで割り込んできたらしい。サファイヤも押されて眼鏡《めがね》が落ちた。

「うわあ！」

サファイヤは慌《あわ》てて眼鏡を探す。

そのサファイヤと、人一人を隔《へだ》てたすぐ横、山車の横に金の髪と、輝く青色が躍り出る。光が撒《ま》き散らされたようだった。

金髪はオニキス、青色は、頭にその色の布を巻いたままの宝珠だった。

二人を見た、小さな巫女は立ち上がり、二人が山車に昇ろうとするのを助けようと手を出した。

「おい、お前ら！」

屈強《くつきよう》な男が怒気《どき》も露《あらわ》に言ったが、巫女は怯《ひる》まず凛《りん》と言った。

「いいの！　ミナ様から言われてるから！　この人達はいいの」

神聖な山車に昇った二人は、通常ならば問答《もんどう》無用で引きずり下ろされただろう。

けれど人々はなんとなく手を出しかねて見守った。

少年の金髪は、黄金を細く梳《す》いたような、豪華なものだったし、少女は見たこともないような鮮やかな衣装を着ていた。

二人は小さな巫女に、

「ありがとう」

と言いながら、椿《つばき》の枝の山の中に手を突っ込んでかき回している。やがて、

「あったぁ！」

とか言いながら鞄《かばん》と、灰色と白の布に包まれた四角い長細い箱を引っぱり出す。

前の方には騒ぎは伝わっていないから、囃子《はやし》と歌は続いている。けれど異常に気づいた者もいた。踊り手が何人か足を止めて山車《だし》を見ていて、その中から娘が一人、ひたむきな様子で山車に駆け寄った。

「行くぞ宝珠！」

「うん！」

言い合って山車から飛び降りようとした二人に、その少女は声を掛ける。

「おねえちゃん、耳のある東大陸のひと!?」

頬《ほお》を赤らめ、精一杯の、一杯一杯の声で、少女は言った。

山車の上の人は青い光る衣装を着ていて、頭にも青い、幅の広い布を巻いている。長い黒髪はこの街にも大勢いるけれど、黒の色味が違うように見えた。

まるでそこだけ星空を纏《まと》った夜のように見えた。

「おみみ、どんな!?」

言われて宝珠は、なんだか胸が迫るように感じた。悪い感じではない。ただ、目の前の子供

る。


の期待に応《こた》えたかった。がっかりさせたくなかった。

だってなんかきらきらしてる目で見てるし。

今日はお祭りなんだし。

余計な事は何も考えずに、頭に巻いた布を引き解《ほど》いた。耳元で絹《きぬ》がこすれる甲高《かんだか》い音がする。

風が吹いて、手に持ったその布と、宝珠の髪を流した。

秋の、高い透明な、澄んだ青の空の下で、その黒と青はよく映《は》えた。

子供の顔が輝く笑み一色になるのを見て、宝珠はとても嬉《うれ》しく、誇らしくなって微笑《ほほえ》んだ。

何故《なぜ》だか周囲から歓声が上がる。

「……行くぞ！」

何故だか嬉しそうなオニキスに、強く手を引かれて宝珠は山車を飛び降りる。

沿道にいた見物客も、ぴいぴいと口笛を鳴らして二人に喝采《かっさい》を贈り、やんやと囃《はや》して道を空《あ》けた。

「ようサファイヤぁ」

「あーあったあった。ちぇ、つるが曲がっちゃった」

ようやく眼鏡《めがね》をかけなおしてサファイヤは言い、魔法使いは二人がいなくなった方向に目をやってぼけっと言った。

「今お前と同じ顔のいたぞ。獣《けもの》の耳の女の子と一緒に」

「っえっ⁉」

サファイヤはしばらく凍り付いたように動かなくなってから、慌《あわ》てて魔法使いに言った。

「追おう！」

「おお、いいとこに気がついたな、カシコイカシコイ」

「うるさぁい！」

ぷんすかと怒ってからサファイヤは人混みをかき分けて駆け出した。


通して通してと人をかき分けている間に誰かが、

「あなた逃げるんならこれ持っていきなさい」

と木綿《もめん》糸で編んだ帽子を宝珠に被《かぶ》せてくれ、

「いよーこの色男！」

とオニキスはひやかされた。

更に服のあちこちにがさがさとなにかやたら突っ込まれた。

人混みを何とか抜けて、家が建ち並ぶ界隈《かいわい》に入る。

「ぷはァ」

ようやく息がつける、人のいない小路《こうじ》。

家はどこも窓も扉も開け放たれて、大きな家は扉が外されていたりする。広い板《いた》の間《ま》にはどこでも椅子《いす》と大きなテーブルが置いてあって、祭りの作業をするために解放されているようだ。

「ちょっと着替える」

ぜはぜは言いながら宝珠は言って、オニキスは聞き取りにくかったから、

「え？」

と聞き返したら、

「あっちむいてて」

と言われて理解した。

喉渇《のどかわ》いて、腹減ったな、と思う。

せっかくお祭りなのになとも思ったが、それ以上に日陰で、背中の後ろで聞こえる布擦《ぬのず》れの音がやたらと気になる。

このあたりはまだ静かだから、風が吹くと軒先《のきさき》に吊《つる》された、ガラスの風鈴《ふうりん》の音がよく聞こえた。

突然、硬貨が地面に落ちる音がいくつも響いた。

「な、なんだ？」

と振り向いて宝珠の足下《あしもと》を見る。硬貨だけでなく、紙幣《しへい》も転がっていた。

「あ、服に色々突っ込まれてたのこれだ」

「あ、そっか。ンじゃ俺もあるな」

言いながらオニキスはゆさゆさと身体《からだ》をゆする。ちゃりちゃりぱさりと音がして道の上に硬貨と紙幣《しへい》が落ちる。

「わーやったぁ」

「でさ、オニキス。多分あんた気がついてないと思うけど、あたし着替えまだなんだ」

困ったような笑みの混じったような声で言われ、オニキスは耳まで真っ赤にして後ろを向いた。

「ごめんっ」

「いや、こちらこそ」

もごもごと宝珠は言って、服を着替える。なんだか恥ずかしい。けれどどきどきするのが悪くないような感じがした。

鞄《かばん》の中には新しい靴《くつ》と新しい服が入っていた。脱ぎ着のしやすい頭から被《かぶ》る形の、桃色の生地にビーズの飾り、裾《すそ》に刺繍《ししゅう》のある服だ。靴は鹿革《しかがわ》で柔らかく、光るビーズがそのままボタンになっていた。

神殿の人たちの心づくしだろう。耳覆《みみおお》いのある帽子も入っていたけれど、これはまだいい。

かぶせてもらった帽子がある。

「よし、いいよ。どっち逃げる？」

「ううーどうしよ、神殿逃げるわけにもいかねーし」

「迷惑かけるもんね」

言って宝珠は口元に指を当てて考え込む。

「また山はいるしかないかな」

「山越えでトードリアか」

「きつそうだけど。いいよなんならここで別れても。つきあわせる筋合いないし」

「本気で言ってんの？」

その声音《こわね》がきつく、硬い。

ぎくりと腹が冷えて宝珠はオニキスを見る。

榛《はしばみ》色の瞳が眇《すが》められて細い。唇が引き結ばれている。

「う、うん……」

腹の底が硬くなるような、緊張した沈黙が流れる。

「何？」

こんな目で見られなくてはいけない理由がわからなくて宝珠は混乱する。

「何なのよ」

オニキスは単純に頭に来ていた。なんでなのかはわからない。ただ、頭に来ていた。言葉が見つからない。

頭をがりがり掻《か》いて、吐息に乗せて言う。

「じゃ、好きにすれば」

「あたしは好きにしてるよ」

もっともな事を言われて、二の句が継げない。

「そういうことじゃなくてさぁあ」

「なんなのオニキス!? ここでこんな事話してる場合じゃないでしょ!? なんか、すごいむかつく!」

「それはこっちの台詞《せりふ》だよ!」

「わけわかんないよなんなの!?」

ふとオニキスは視界が暗いことに気がついた。さっきまで日が当たっていた宝珠が影になっている。

日が陰ったのかなと思う。にしては、何か変だ。

「ちょ、待て宝珠」

「何がよ!」

オニキスは視線を上げる。

そこに浮いていたのは、あの、人の髪の毛の塊《かたまり》の魔族。

ぞっと反応するより早く、その魔族は自分の構成物である髪の毛を伸ばし、宝珠の身体《からだ》を巻き取ると自分の体の中に引き込み、小さくなって消えた。

一瞬の出来事にオニキスは茫然《ぼうぜん》とする。

祭りの囃子《はやし》が聞こえている。

風鈴の音が聞こえている。

楽しい秋の大祭の日。

秋の空が透明に青くて、ふとそれがまわった。

自分が目眩《めまい》を起こして地面に膝《ひざ》をついたのだと理解するには少し時間が要った。

「言っておくけどね」

声がして、視線を上げると、日の当たる道のど真ん中にムローが楽しげに笑んで立っていた。

「僕は追いかけてないからね」

そしてオニキスが茫然《ぼうぜん》としている間に、笑みを残して去って行った。

ざり、と乾いた道路の白茶《しらちゃ》けた土を摑《つか》んで、腹の底から言う。

「くっ……そぉぉおおォ！」

頭ががんがんする。怒りで視界が狭い。先刻宝珠に感じた怒りとこれは、全く別物だった。

た。

「オニキス！」

聞き馴染《なじ》みのある声に弾かれた様に顔を上げると、そこには旅装のサファイヤが立ってい

た。

金の髪、榛《はしばみ》色の瞳、本を読みすぎて悪くしたという目のための眼鏡《めがね》。

なんだか気が抜けたようになった。

「サファイヤぁ」

情けない声になる。泣きそうな顔をしていただろう。

「何だどうした？」

サファイヤに手を貸されて、なんとか立ち上がる。

「宝珠が連れてかれた」

「耳のある子？」

「うん、獣《けもの》の」

「そっか。まぁとりあえず落ち着け。今すぐ追ったらどうにかなるか？」

言われて考える。あの髪の毛の魔族。移動距離とか、方法とかが判らない。

「……わかんね」

「わかった」

「ようよ、弟ちゃん見つかったの？」

声がして角《かど》だから姿が見えない。

「誰？」

「雇《やと》ったんだ。魔法使い。スマートが見つからないから」

影に続いて、本人が姿を現した。

その姿にオニキスは何故《なぜ》だか衝撃《しょうげき》を受ける。

何故だかはわからない。

黒い、頭の形に添《そ》って削ぐように切られた髪、黒い吊《つ》った目、痩身《そうしん》に、膝下《ひざした》の丈《たけ》の旅人のマント、ルビーの嵌《は》まった杖《つえ》。

どこかで会った気のする、よく知っているような気のする……

「サリタってんだよろしくな」

男はそう名乗った。

遠くで祭りの囃子《はやし》が、近くで風鈴《ふうりん》の音が響いている。

祭りは、あと一日を残している。

あとがき

はじめましてのかたも、いつもありがとうございますのかたもこんにちは。

野梨原花南《のりはらかなん》でございます。

本が出たときに買われるのではない方には関係ないのですが、今回のタイトルが、『ちょー秋の祭典』であるにもかかわらず、発売は七月です。

七月といえば。

そろそろ寝苦しく……その……な、夏？

ですな。

……。

しかし、担当さんの「俳句の世界では秋ですよ」という頼もしい一言を得てゴーです。うううう。物語の世界では時間の流れが現実とほぼリンクしてないので、時々こういう困ったことになりますね。とほ。

物語の中で祭りを書くのは、レフーラの火祭りに続いて二度目です。

レフーラよりコバーリムの方が、私の知っている祭りに近い感じになりました。

それぞれの文化を表して行われる各地の祭りは非常に興味深く、そして私は屋台が大好きです。屋台が出るから、という理由で、初詣《はつもうで》は神田明神《かんだみょうじん》です。あそこの神戸牛《こうべぎゅう》のステーキ串焼き(屋台。立ち食い。安い)と甘酒がとても好きです。正月から肉。少し後ろめたい。

地方地方で活気も規模も違うでしょうが、誰でも感じうる、毎年決まった日に開かれる非日常の空間。お祭り。


非日常といえば旅もそうで。

先日博多《はかた》に旅行に行きました。その前はカナダに。その後に仙台《せんだい》に。

カナダ行きの時は雪に降り込められて、空港で六時間待っているときに、同行者三人と『ものがたりしりとり』して時間をつぶしていたりしました。

これ結構無茶が効いて楽しいので、時間があまってやけくそになった時にお奨《すす》めです。

ルールは簡単で、前の人の言った文章の最後の一文字を尻取るだけです。長さも適当。ただ物語なので、話になるように続けるのがポイントです。

例えば、

「なかひと君は真夜中のデパートで」「で、電話を探していました」「多分このへんにあると思っていたのに」「にっちもさっちもいかないのです」「すみれいろのゆかを歩いていくと」みたいな感じですか。

時間つぶしなので、勝ち負けなしで、物語の落ちがついたら終わり。

ばさばさ雪の落ちろ成田《なりた》の滑走路を見ながら、まわりでは覚悟を決めたベテランの旅行者が床に横になっている中、そんなことをするのもどこか不思議な感じでした。

仙台では突然の雷に照らされる瑞巌寺《ずいがんじ》の杉の参道を見て、

「うおー！　すげー！」

とか言ってはしゃいでいたら風邪《かぜ》をひきました。雨も土砂《どしゃ》降りでした。

博多では太宰府《だざいふ》で、青梅と若葉の下で焼きたての梅ケ枝《うめがえ》餅を食べ、海に輝く夕日を見ました。

沿岸の生まれなのですが太平洋側なので、何度見ても海と夕日という組み合わせは感動します。

その場所に行って、その場所の空気を肌で感じ、旅の中に非日常を感じるのは素晴らしいことですが、いつもと同じ場所にいながら、歌を聴いたり、本を読んだり絵を見たりして、どこかへ行った気になるのも、同じくらい素晴らしいことだと思います。

もし、この本を読んだ方がそんな気持ちになってくださったら、とても嬉しいです。

私自身何度も、本を読んだり歌を聞いたり絵を見たりで、そんな気持ちになったことが沢山《たくさん》あります。もし、そういう体験をしていないというのなら、是非いろんな作品に、どうか触れてみて下さい。特にお若い方。

お手紙ありがとうございます。

「ありがとうございます。私もがんばっています」

とお手紙で言って下さる方が、最近とみに多くて嬉《うれ》しいです。

でも、元気なときには、

「そ、そんな。こちらこそです。ありがたいのは」

とちゃんと思えるのですが、時々不元気な時には、

「みなさんすごいなぁ。私なんかだめだぐすぐすへぼへぼ」

とかヘタレっぷりを露呈《ろてい》し、友達に、

「お前はバカか?」

と叱られたりしています。(笑)

でもやっぱり、ありがとうはこちらこそです。

お手紙を下さる方も、そうでなく読んで下さっている方も、ありがとうございます。

書きたいから書くのですが、それでも読んで頂けて、

「がんばっているよ」

と言っていただけたり、もしも伝えないけれど思って下さっていたりするなら、それはまるでどこか遠い星に、自分と同じく、物語に励まされて奮《ふる》い立つ仲間がいると、真実感じられるような嬉しさと心強さです。

相変わらずお返事は書けませんけれど、私もなんとかやっています。

でも切手を同封して下さる方が、まだ沢山《たくさん》いらっしゃいます。私は返事が書けませんので、勿体《もったい》ないですので、ご遠慮《えんりょ》下さい。

最後になりましたが、挿絵《さしえ》の宮城《みやぎ》とおこさん、いつもありがとうございます。

さて、あんなひともこんなひとも出てきた今回です。次はジールでの話が中心になるでしょうか。

では、あなたさえよければ、次巻でまたお会いしましょう。

2001年　少し蒸す、曇りの午後に。

野梨原花南

この作品のご感想をお寄せください。

野梨原花南先生へのお手紙のあて先

〒101―8050東京都千代田区一ツ橋2―5―10
集英社コバルト編集部　気付
野梨原花南先生

のりはら・かなん

11月2日生まれ蠍座O型。賞も獲らずにデビューし、売れもせずにほそぼそとやってきた小説屋が、開業9周年を迎える(2001年時)ことを心底不思議がり、ありがたがっている今日この頃である。
著作『風の導士候補生の試練』(白泉社)『前田朝日の冒険』『邂逅の季節』『スキャンダル・キス』(ムービック)、コバルト文庫に『ちょー美女と野獣』『ちょー魔法使いの弟子』『ちょー囚われの王子』『ちょー夏の夜の夢』『ちょー恋とはどんなものかしら』『ちょーテンペスト』『ちょー海賊』『ちょー火祭り』『ちょー魔王(上)(下)』『ちょー新世界より』『ちょー先生のお気に入り』『ちょー企画本』『逃げちまえ!』『あきらめろ!』『都会の詩 上巻・下巻』など。

ちょー秋の祭典

COBALT-SERIES

2001年7月10日　第1刷発行

★定価はカバーに表示してあります

著　者　野梨原花南
発行者　谷山尚義
発行所　株式会社　集英社
〒101－8050
東京都千代田区一ツ橋2－5－10
(3230) 6268(編集)
電話　東京　(3230) 6393(販売)
(3230) 6080(制作)

印刷所　大日本印刷株式会社

ISBN4-08-614875-7 C0193

青春を考えるヴィヴィッドな文庫

ちょー美女と野獣

ちょー魔法使いの弟子

ちょー囚《とら》われの王子

ちょー夏の夜の夢

ちょー恋とはどんなものかしら

ちょーテンペスト

ちょー海賊

ちょー火祭り

ちょー魔王（上）（下）

ちょー新世界より

ちょー先生のお気に入り

宮城とおこの描いた〈ちょー〉
シリーズのイラストを一挙公開！

ちょー企画本

野梨原花南
宮城とおこ

人気イラストレーターの宮城とおこが描いた〈ちょー〉シリーズのイラストを全点収録。描き下ろしコミック、野梨原花南書き下ろし小説他、盛りだくさんの内容。待望の超豪華本。

〈好評発売中〉 コバルト文庫

出口のない想いが交錯する…。
デッドエンドストーリー!!

チェリージャム ジャンク

真堂 樹

イラスト／二宮悦巳

組織対立の起こる旧市街で稼ぎ屋・那智《なち》は和《わ》平《へい》公司《コンス》の仕事を請け負いながら暮らしをたてている。ある時、那智の相棒・紅蓮公主《こうれんこうしゅ》が死《デ》胡同《ッドエンド》への使いの途中で拉致されてしまって!?